afgeschreven

D1349502

HET PAVILJOEN VAN DE VERGETEN CONCUBINES

PIM WIERSINGA

HET PAVILJOEN
VAN DE
VERGETEN CONCUBINES

冷宫春秋

IN DE KNIPSCHEER

Het paviljoen van de vergeten concubines
Copyright © 2014 Pim Wiersinga
Foto omslag Judith Heinsohn
Foto auteur Theo Huijgens
Vormgeving Anders Kilian
Eerste uitgave 2014
In de Knipscheer, Postbus 6107, 2001 HC Haarlem
WWW.INDEKNIPSCHEER.COM
INDEKNIPSCHEER@PLANET.NL

ISBN 978 90 6265 854 1   NUR 301

INHOUD

I

KEIZERLIJK TOLK TWEEDE KLASSE

皇室二级翻译

Tienduizend jaar wenst Keizerlijk Tolk Tweede Klasse Cao Baoqin Uwe Majesteit toe! Luistert U niet naar eunuchen die in elke protocolschending boze voortekenen zien: zij voeden slechts hun hang naar schandaal...

Zeker, de Britse gezant gedroeg zich schandalig; en ik, de tolk, moest boeten in zijn plaats. Mocht ik in deze kerker komen te sterven, laat mijn afleggers dan deze doodsoorzaken optekenen: honger naar papier en dorst naar inkt.

Geen klacht zal mijn lippen verlaten. Uwe Majesteits cipiers hebben mij met egards bejegend. Maar op deze ene snipper die mij gegund is valt niet uiteen te zetten hoe ik de Drakentroon beter kan dienen dan door een kerker in de Verboden Stad bezet te houden: ik smeek het Hof om schrijfgerei. Majesteit! Ik ben verwant aan Cao Xueqin, die *Droom van de Rode Kamer* schreef, een grootse roman die onlangs voor het eerst in druk is verschenen.

Zonder de rietpen verkommert de geest; zonder papier verdorren ideeën. De Majesteit zal dit wel weten: hij is immers zelf dichter!

Akte van Memorie (ongenummerd)
De Qianlong-keizer
Aan zijn vertrouweling Heshen

Uit Batavia, handelshaven der Hollanders in de Zuidelijke Archipel, bereikt Ons het verzoek van magistraat Ti Qing om namens zijn land hulde te brengen aan de Drakentroon ter ere van Ons zestigste regeringsjaar.

Heshen! Telkens drong u erop aan om zulke verzoeken van de hand te wijzen. Wij zijn het niet vergeten en Wij begrijpen uw zorg. Doch Ti Qing heeft zich gunstig onderscheiden van het gros der roodharige duivels: als opperhoofd van de nederzetting Deshima bij Nagasaki ontzag hij China's belang en wist hij vriendschappelijke betrekkingen aan te knopen met Onze handelspost ter plaatse. Wij, Zoon des Hemels in de Qianlong-periode en keizer van China, zullen zijn wens genadiglijk inwilligen. Komende winter zullen Wij hem verwelkomen in de Verboden Stad – mits dit niet tot een inbreuk op de Riten leidt!

Zoals u weet geldt voor de Hollanders wat voor al Onze vazallen geldt: afgevaardigden van tribuutstaten zijn gehouden aan de *koutou*. U, Heshen, zult er nauwlettend op toezien dat zij zich voor de Troon ter aarde werpen en met het voorhoofd de plavuizen beroeren – zoals u er bij de Britten op toe had moeten zien!

Ja, in feite had u gestraft moeten worden voor Macartney's halsstarrige weigering zich voor de Troon ter aarde te werpen: de tolk werd slechts omwille van haar uitzonderlijke talenkennis aan de Britten toegevoegd. Derhalve gelasten Wij u om deze vrouw onverwijld uit haar kerker te ontzetten en over te brengen naar het Paviljoen van de Vergeten Concubines, alwaar zij zich ter beschikking zal houden van Onze besluiten.

Voorts wensen Wij te vernemen of – en zo ja, in welke graad – de vrouw Cao Baoqin verwant is aan de overleden Cao Xueqin, die dertig jaar geleden *Droom van de Rode Kamer* geschreven schijnt te hebben, een roman die eerst onlangs prestige verwierf. En is het waar wat men fluistert? Onderhield Baoqin in haar jeugd tedere betrekkingen met de auteur?

U zult haar niet aan een van uw beruchte verhoren onderwerpen. Bezorgt u haar schrijfgerei! Dat zal volstaan om haar confidenties te ontlokken: de Keizerlijk Tolk Tweede Klasse is een geletterde dame.

Maar vooraleer u zich van deze taken kwijt, zult u zich naar het vertrouwde adres spoeden om 'de voorraad' aan te zuiveren. Haast u, Heshen!

Paviljoen van de Vergeten Concubines
Cao Baoqin, Keizerlijk Tolk Tweede Klasse
Aan Zijne Majesteit de Qianlong-keizer

Met alle verschuldigde eerbied wendt Uw dienares zich tot de Zoon des Hemels; sidderend van ontzag werpt zij zich voor het Keizerlijk Gelaat terneer. Hoe zal zij haar zaak bepleiten zonder de Verhevene te mishagen? Zonder afbreuk te doen aan de dank die zij Hem nu reeds is verschuldigd voor de vrijlating uit haar benarde kerker?

Amper de meisjesjaren ontwassen wist ik de schrijver Cao Xueqin aan het lachen te krijgen, telkens als hij – ten einde raad na alle commentaar van bemoeizieke verwanten – overwoog zijn levenswerk aan de vlammen prijs te geven. Thans, dertig jaar later, wil ik Uwe Majesteit vrolijk stemmen door U mijn enige misdaad te bekennen: dat ik levenslopen tracht om te smelten tot een roman, in navolging van *Droom van de Rode Kamer*, het meesterwerk van Cao Xueqin.

Jazeker, Majesteit: mijn misdaad: welke vrouw met een greintje verstand haalt het nu in haar hoofd om zich aan een roman te wagen? Zou ik hebben geschitterd met tokkelballades, spookverhalen of operarollen, dan had ik roem vergaard; dan was het onnodig geweest om – zo het mij vergund is – mijn zaak voor te leggen aan de Troon.

De ellende begon toen ik, Tolk Tweede Klasse, werd toegevoegd aan de gezant die weigerde de koutou te verrichten – want de knieval waartoe Macartney zich beperkte was een affront. En het zal Uwe Majesteit niet zijn ontgaan dat weinig Engelsen dit voorbeeld van harte volgden:

op het gelaat van de jonge Staunton streden gêne en verbijstering om de voorrang. En ik, die de bedoelingen van de Brit moest vertolken en mij niet ter aarde mocht werpen vooraleer de gezant daartoe overging, bestierf het van schaamte, al bleef mij de krenking bespaard een gesproken weigering te moeten vertalen: Macartney schoffeerde de Troon zonder een woord. Levendig kan ik mij indenken dat de Majesteit Zijn bekomst heeft van buitenlandse barbaren.

Doch niet alle buitenlanders zijn zo lomp als Macartney: daar wil ik het Hof toch met nadruk op wijzen. Al moet ik boeten voor de Brit, toch zal ik niet aarzelen om mijn diensten aan te bieden zodra de Hollandse gezant Ti Qing op audiëntie komt – komende winter, naar ik verneem; en de Hemel geve dat het geen loos gerucht is!

Ik ken Isaac Titsingh (zoals Ti Qings volledige naam luidt) van vroeger, Majesteit. Ofschoon afkomstig uit de zompige moerasdelta benoorden Franguo, is hij (in zoverre zulks van een roodharige duivel gezegd kan worden) een man van beschaving. Naast zijn eigen taal spreekt hij Frans, Portugees, Engels, Duits en vloeiend Japans. Minder vloeiend Mandarijn, gebiedt de waarheid te zeggen, maar in deugd, noblesse en gratie kunnen onze Rijksgroten een voorbeeld aan hem nemen! Ja, de ontvangst van deze gezant zal U tot heil strekken en de schandvlek wegnemen waarmee Macartney de Verboden Stad heeft bezoedeld! Uw dienares kan zich geen hogere eer voorstellen dan dat U haar toestaat te bemiddelen tussen de Hollander en het Hof! Wanklanken (slechts denkbaar vanwege Titsinghs povere beheersing van het Mandarijn) zullen door mijn toedoen achterwege blijven; sinds mijn dienstbetrekking te Deshima beheers ik zijn taal nog beter dan het Engels.

Het Keizerlijk Secretariaat voor Riten en Paleiszaken
Aan Cao Baoqin, Keizerlijk Tolk Tweede Klasse

Vrouwe, dient het Hof uw schrijven op te vatten als een verzoek tot vrijlating? Meent u daar werkelijk voor in aanmerking te komen?

U spreekt in raadsels.

Uw smeekschrift wordt niet in behandeling genomen, laat staan voorgelegd aan de Troon.

Paviljoen van de Vergeten Concubines
Cao Baoqin, Keizerlijk Tolk Tweede Klasse
Aan Zijne Majesteit de Qianlong-keizer
Verzoek tot vrijlating

Majesteit! Nu reeds is Uw dienares U dank verschuldigd: haar verzoek om schrijfgerei werd zo prompt ingewilligd, dat zij zelfs overwogen heeft om zich te schikken in haar lot. Wat is de enkeling te midden van miljoenen! Zou ik louter om mijnentwil genoegdoening eisen, dan was dit smeekschrift niets dan een stofje in het oog van de karavaanreiziger, vooral hinderlijk omdat het zich door zijn geringe omvang zo lastig laat verwijderen... Dat ze zich niettemin verstout het woord tot U te richten, Majesteit, wordt ingegeven door bekommernis om Uw welzijn en om de voorspoed van het Hemelse Rijk.

Wij hebben niets van u nodig, liet U de Engelse koning weten. Deze afwijzing baart mij zorgen...

Hoe zou de zijderups vonnis kunnen wijzen over de moerbeiboom die hem het leven schenkt? Slechts de kweker is daartoe bevoegd. Als de boom niets oplevert of slechts cocons van pover gehalte, hakt hij die om; brengt de boom veel op, dan plant hij bomen bij. Kortom, de zijdekweker weet wat hij doet – zij het dat hij al te vaak wordt bijgestaan door lieden wier vlijt hun verstand overtreft. Dan lopen de dingen alsnog in het honderd. Door een veelheid aan loze raad verliest de kweker de Weg uit het oog, zijn oren tollen, zijn blik raakt beneveld, zijn geest suizebolt van de adviezen die, hoe aannemelijk ze ook klinken en hoe aangenaam ze het gehoor ook strelen, elkaar op elk punt tegenspreken. Zo kan het gebeuren – slechts uit bezorgdheid waag ik dit uit te spreken! – dat U, ondanks de tienduizend jaar die iedere onderdaan U toewenst, niet de tijd vindt om in alle memoranda die de Troon bereiken elke onnauwkeurigheid op te sporen...

Wellicht hebben wij niets van de Britten nodig, Majesteit, maar alles wijst erop dat de Britten heel veel nodig hebben en dat zij dit vele bij ons willen halen... Voor Ti Qings landgenoten geldt hetzelfde. Die barbaarse zeevaarders en handelaren konden wel eens China's redding betekenen – Uw redding!

Majesteit! Zomin als de rups vermag te oordelen over de zijde, zomin ben ik bevoegd om keizerlijke wilsbeschikkingen goed of af te keuren. Uw wijsheid is spreekwoordelijk. Doch iemand moet U de spiegel voorhouden. En als bezoldigde raadslieden het laten afweten, laat mij het dan doen, kome wat komt...

Dat U ons wilt vrijwaren van piraterij en vreemde inmenging, is de Hemel welgevallig. Niettemin is China gebaat bij nijverheid en handel. Een dichtbevolkt rijk gedijt bij export, import en drukbevaren havens: de karavaanroutes over land volstaan allang niet meer. Zeker, het getuigt van wijsheid om de voorouders te eren en de Hemel gunstig te stemmen; maar van evenveel wijsheid getuigt het om de toekomst veilig te stellen! Als boeren, ambachtslui en kooplieden – op wie de *literati* halsstarrig blijven neerkijken – worden aangemoedigd, kunnen zij in de noden van de wereld voorzien en vergaat het hen wel. Neem Japan! Onze beschaving overtreft die van dat vergrendelde oord, doch men moet de Shogun nageven dat hij met de Chinese kolonie en de Hollandse handelspost op Deshima een middenweg vond tussen protectie van zijn nietswaardig eilandenrijk en deelname aan de overzeese handel.

Nu, zulke kwesties houden de Majesteit al jaren uit Zijn slaap; daarom beperk ik mij tot de overweging dat zekere hovelingen in de Verboden Stad – die zij veelzeggend genoeg liever 'Het Grote Binnen' noemen – Uw stralende heerschappij verduisteren met afschuw jegens al wat vreemd is. Zij beogen slechts hun rijstkommen te vullen; maar in feite worden alle ambtelijke rijstkommen gevuld door boeren die zich dag na dag afbeulen om hun dierbaren in leven te houden.

Wijden onze hovelingen ooit een gedachte aan die povere zwoegers?

U doet dit wel, Majesteit, haast ik mij toe te voegen. U bent als een vader voor allen. Hoe vaak is het niet voorgevallen dat U behoeftige onderdanen heffingen kwijtschold? Ja, met Uw doortastend ingrijpen redde U velen van een wisse dood; Uw mededogen verdient niets dan lof en bewijst dat U bij machte bent alles ten goede te keren...

Zij het dat te veel van die ingrepen Uw gezag aantasten. Elke ontheffing zaait immers twijfel over de billijkheid van de cijns. Wil China bloeien, dan moet het Hof belastingen innen – en kúnnen innen.

Majesteit! Aan elke aardbeving gaan onderaardse trillingen vooraf. Doorgaans blijven deze onopgemerkt, tot zelfs onneembaar geachte vestingen barstjes en scheuren vertonen. Zo ontwaart de oplettende beschouwer in China's voorspoed reeds de eerste tekenen van verval – en de nijpende armoede van de boeren is zo'n teken, o Hemelzoon! Het gevaar schuilt niet zozeer in de barbaren als wel in de aardschokken die zich voordoen wanneer een noodlijdende bevolking nu eens te zwaar wordt belast en dan weer van heffingen wordt gevrijwaard. Zolang de telers van sojabonen, rijst en *kaoliang* honger lijden, lijdt heel het land honger. Maar als hun meesters voorspoed brengen door geld te steken in het vruchtbaar houden van de akkers in plaats van het te verbrassen aan Pekingse schonen, en als ijver op het platteland met steun uit de hoofdstad beloond wordt, dan kunnen de boeren hun heffingen voldoen en zullen zij dorpen, steden, streken, ja, vazalstaten van rijst voorzien, zoals de keizerlijke porseleinfabrieken de wereld sinds jaar en dag met hun schoonheid bedekken. En de roodharige vazallen zullen Uwe Majesteit welgemeend hulde brengen; zelfs de Brit zal eerbiedig buigen...

De Drakentroon is de spil van Alles-Onder-De-Hemel. Buitenlandse staten – van Korea tot Portugal en van Japan tot Afrika – zijn als planeten die door Uw zon worden beschenen, gelijk Uw gevolg niet moe wordt te herhalen. Moeten wij daarom China van overzeese handel vrijwaren? Welke dwaas bouwt muren rond de zon?

Zonder uithoeken geen midden; de cirkel wordt eerst in de omtrek zichtbaar. Zonder nacht is er geen dag; als de Aarde sterft staat de zon tevergeefs aan de Hemel. Zelfs Uw machtige Middenrijk kan dit evenwicht niet straffeloos verstoren. En gelijk de planeten volgen de vazalstaten hun banen, krachtens een door inheemse wetten geheiligd bestel. O Majesteit! Is dit laakbaar?

Zelfs bijen en termieten stichten keizerrijken, zij het dat hun volken door vorstinnen worden bestuurd.

Wellicht laadt Uw dienares de schijn op zich dat zij wil wedijveren met de geleerden die voor de keizerlijke examens opgaan. Eerzucht is mij echter volslagen vreemd. Het weinige dat ik aan kennis bezit, dank ik niet aan mijzelf maar aan genoemde Ti Qing, die ik te Deshima diende. Botanicus, wijsgeer, bestuurder en geschiedschrijver: deze gestalten zijn in de persoon van Isaac Titsingh verenigd. Niettemin vreesde ik een grens te overschrijden, O Zoon des Hemels, en daarom ging ik te rade bij de Meesteres van dit paviljoen: geen ander dan de oude Chun Xian, Tweede Concubine van wijlen de Yongzheng-keizer. Zij ondersteunt de strekking van dit smeekschrift, zij staat mij tevens toe haar naam te vermelden.

Doch zelfs haar eerbiedwaardigheid stelde mij niet geheel gerust: vol ontzag dien ik U aan te spreken, overeenkomstig mijn nederige rang. Ik zie al voor me dat de censor mij terechtwijst omdat ik Uw keizerrijk gelijkstel aan een termietenhoop... Mocht zulks onverhoopt gebeuren, dan weet ik tenminste Ti Qing aan mijn zijde; hij is degene die mij dit betoog inblies. Zijn geleerdheid berust zowel op waarneming van de natuur als op de leer van Sebinousa, die langer dan een eeuw geleden leefde... Indien waar zou zijn (wat de Hemel verhoede) dat elk land zijn eigen Confucius kent, dan komt Sebinousa deze eer toe wat betreft de moerassen benoorden Franguo.

Het zal U deugd doen, Majesteit, te vernemen dat niet alle wijzen uit het Westen schatplichtig zijn aan de jezuïeten – heethoofden die, onder het mom van wetenschappelijke vindingen, met hun rabiate religie de neergang hebben bespoedigd van de Ming-dynastie, en die de Troon wederom in opspraak brachten toen Uw grootvader regeerde, de illustere Kangxi-keizer. In klare taal brengt

Sebinousa de waan aan het wankelen dat een god zijn eigen zoon liet doden om hem als de eerste de beste bandiet te laten boeten voor onze fouten, zelfs toekomstige; hij hekelt het wondergeloof dat die godheid in zes dagen Hemel, aarde alsmede alle leven op aarde zou hebben vervaardigd uit chaos, als ware Alles-Onder-De-Hemel even vluchtig als vuurwerk. Ja, de zon van Sebinousa's stelsel brandt de kruitdampen weg van een oorlogszuchtige dwaalleer die in Europa zoveel schakeringen en afsplitsingen kent (alle aanspraak makend op de Enige Waarheid), dat zij alleen dáárom al indruist tegen de Tao! In de stilte van zijn woning onderwees de Confucius van de moerasdelta dat één eeuwige en onbegrensde Substantie ten grondslag ligt aan de Hemel en Alles-Onder-De-Hemel, en tevens dat ideeën, woorden, dingen en wezens, hoezeer ook afhankelijk van dit Ene, zich zoeken te bestendigen, hetzij door Natuur, Rede en Wijsheid tot richtsnoer te nemen, hetzij door te volharden in dwaasheid en blinde beweging... Zo maakt Sebinousa het duistere helder, en zodra ik mij aan dit smeekschrift zette, werd diezelfde helderheid over mij vaardig – waarbij Ti Qings kennis der Natuur (bijen en zo meer) welkome voorbeelden bood.

Voor zover ik deze dingen met mijn gering verstand kan beoordelen, heeft Sebinousa het bij het rechte eind. Al legt de soldaat, afhankelijk als hij is van de Hemel – de Substantie, zou de wijsgeer zeggen –, zijn leven in de waagschaal om zijn meester tot in de dood te dienen, toch zet hij in het heetst van de strijd alles op alles om het eigen vege lijf te redden. Waar honger heerst, voeden ouders hun kroost om zelf met een lege maag te gaan slapen. Maar als het er echt om spant, klampen ook zíj zich vast aan het leven; hoe anders moeten ze hun kinderen voor de hongerdood behoeden?

Zelfs Uwe Majesteit en ik zijn, ondanks een oneindig verschil in rang, aan die natuurwet onderhorig. Wij beiden willen het leven zien bloeien en gedijen: U in het keizerrijk, ik te midden van de vergeten concubines; verder reikt mijn invloed niet.

Majesteit! In gedachten zie ik Confucius en Sebinousa theedrinken in een paviljoen aan het Westmeer en kibbelen over de menselijke natuur, de ware kennis en de inrichting van de staat. Of over de macht van woorden en namen; een kwestie waarin onze wijsgeer klaarheid bracht toen hij betoogde dat juiste woorden tot juist handelen leiden, en juist handelen tot beschaving. Niettemin, o Hemelzoon, doen wij Confucius onrecht door hem blindelings na te volgen. Juiste woorden zijn niet altijd eendere woorden, en eendere woorden kunnen zowel tot het goede leiden als het kwade bemantelen. Elke regeringsperiode opnieuw dienen de woorden op hun juistheid te worden geijkt, al werden ze dynastieën geleden opgetekend uit de mond van Confucius zelf. Het verband tussen woorden en handelingen schuilt immers in het *gebruik* van de woorden – en in de gezindheid van hen die ze gebruiken. Confucius' eigen wijsheden mogen tot voorbeeld strekken: ze zijn zo vaak aangehaald dat ze alle zeggingskracht hebben verloren; ze worden niet gebezigd maar vereerd. Te gemakkelijk verliest men uit het oog dat woorden, zelfs wijze, zich nu eens gedragen als leraren, dan weer als narren: ze spiegelen waarheid en leugen, Hemelse harmonie naast gladde verzinsels. En tezamen vormen die tegendelen een geheel dat alles en allen omvat...

Ik waag te beweren, o Majesteit, dat er telkens andere woorden nodig zijn om de oude, zieltogende maar niettemin gekoesterde woorden nieuw leven in te blazen. Vandaar dat we ons laven aan poëzie, romans en operastukken. Waarom dan niet aan de leer van Sebinousa, opgetekend met de precisie van een uurwerk?

Ik ben de laatste die U kwellen wil met woorden zonder zin, o Verhevene, of met namen waar U niet om vraagt. Daarom heb ik gezwegen over de naam die als een inktzwarte wolk boven deze regels hangt – de naam van de kwade genius die zich Uw gezag toe-eigende, het volk in Uw naam uitperst en de rijstkommen van zijn trawanten vult over de rug van arme, nijvere boeren! Voor ambtenaren die U onvoorwaardelijk trouw bleven, is het schier ondoenlijk geworden de Troon te dienen zonder zich door hem te laten corrumperen.

Trouw aan de Troon is het ook die mij deze woorden ingeeft. Ware slechts mijn eigen leven in het geding, dan zou ik het wel uit mijn hoofd laten om op die figuur te zinspelen! Doch het welbevinden van de enkeling is zozeer verweven met het welbevinden van allen, dat ik zelfs verzuimd heb in dit geschrift mijn onschuld te bepleiten... Ik zou niet weten hoe dit moest, O Hemelzoon. Ik ben – letterkundige vergrijpen daargelaten – aan geen misdaad schuldig. Ik boet niet voor wat ik deed, ik boet voor wat de Brit náliet. Dat Macartney schuld draagt, zal ik aantonen door zonder wanklank voor Titsingh te tolken!

In afwachting van deze heuglijke gelegenheid rol ik dit papier op en verzegel het met de lakstaaf, kome wat komt.

Zelfs of dit smeekschrift U bereiken zal is hoogst ongewis. Velen staan tussen U en mij in en zijn bevoegd het zegel te verbreken... Maar laat mij, in de voetsporen van Confucius en Mencius tredend, vertrouwen stellen in het goede van de mens. Uiteindelijk zult U dit lezen. Vervolgens staat het U vrij om mij spreekrecht te verlenen, mij te laten onthoofden, of beide.

Welk lot mij ook beschoren is, mijn streven blijft ongewijzigd.

Ik wens de schandvlek uit te wissen waarmee de Brit Uw Verboden Stad bezoedelde – en wel door te tolken tussen het Hof en de Hollandse gezant, die (als de geruchten een kern van waarheid bevatten) komende winter in Peking verwacht wordt.

De Qianlong-keizer
Aan Vrouwe Cao, Keizerlijk Tolk Tweede Klasse,
verblijf houdende in het Paviljoen van de Vergeten
Concubines

Vrouwe Cao, dit schrijven bereikt u via Onze lijfdienaar Weigong. Geen sterveling buiten u zal deze regels lezen: Wij hebben gemeend ze buiten het ambtelijke briefverkeer – verzoekschriften, decreten, officiële stukken – te moeten houden, teneinde het Keizerlijk Secretariaat niet nodeloos te belasten. Mocht u ooit worden berecht, dan heeft het document dat u thans in handen houdt derhalve geen kracht van bewijs. Wel staat het u vrij Ons schrijven op te vatten als blijk van Onze welwillendheid.

Inderdaad: hoe kan een nederige rups over de zijdeteelt oordelen? Aan uw staatkundige mijmering gaan Wij stilzwijgend voorbij. Liever vernemen Wij meer over het letterkundig misdrijf dat u zou zijn ingeblazen door de obscure Cao Xueqin. U beweert dat u hem aan het lachen kon maken: welke verstandhouding had u met deze figuur? Was u zijn leerlinge? Behoort u tot zijn clan, gelijk de naam Cao doet vermoeden?

U zult dienaangaande klaarheid verschaffen; meer vragen Wij niet. Hoed u voor vrijpostigheden en terzijdes, als Wij u raden mogen. Zo nodig zullen geleerden van de Hanlin-academie uw pennenvrucht naast de feiten leggen! Zonder uw loyaliteit bij voorbaat in twijfel te trekken, wijzen Wij u er met nadruk op dat Wij, juist bij letterkundige aangelegenheden, geenszins gediend zijn van mystificaties.

De Qianlong-keizer groet u.

Cao Baoqin
Keizerlijk Tolk Tweede Klasse
Aan de Zoon des Hemels,
uit het Paviljoen van de Vergeten Concubines

U wenst, o Verhevene, dat ik mij van mystificaties verre houd, en daar Uw wens wet is, gehoorzaam ik terstond. Maar hoe zal ik de waarheid dienen wanneer de feiten zelf uit mystificaties zijn opgetrokken?

Alleen de Hemel verandert niet.

Alles-Onder-De-Hemel is vlietend, wisselend, geschakeerd als de regenboog en even ongrijpbaar. Zelfs in het Rijk van het Midden vervloeien de grenzen tussen orde en chaos, *qing* en *li*, hartstocht en maat. Verzinsel en waarheid vervlechten zich tot in het onontwarbare: draden in een tapijt, stiksels in ragfijn borduurwerk...

Feiten – welke feiten?

Nimmer zult U mij op leugens betrappen, Majesteit. Doch de volle waarheid is voor de enkeling te veelomvattend. Dat U van mij vergt dat ik verslag uitbreng van mijn verstandhouding met de overleden schrijver Cao Xueqin, drukt zwaar op mijn tengere schouders. Gelijk de rups geen weet heeft van de vijftenige draak op de keizerlijke staatsiegewaden (hoewel de draden zijn geweven uit zijn cocon), zo heeft een vrouw zonder familie, zonder eigen binnenhof, zonder echtgenoot of kroost, geen vat op de machten welke haar leven beheersen. De rups verliest zich in de vlinder; in één zomer verwelken haar wiekjes... En de tijd raast voort, sneller naarmate de dood naderbij komt.

Maar als deze vlinder – zoals een wijsgeer uit het Westen lang geleden al zei – de ziel symboliseert, is er hoop. Zolang ik de weg volg die mij gewezen is door de grootste romancier uit Uw regeerperiode – Cao Xueqin, hij die *Droom van de Rode Kamer* schreef, dertig jaar dood maar nog altijd mijn meester –, zal ik mijn doel bereiken. Het enige wat ik verlang, o Heer der Tienduizend Jaren, is voort te mogen gaan op mijn 'misdadige' weg.

Verzinsel en waarheid... Nog voor ik mijn eerste poëtische proeve penseelde, trad ik als personage op in *Droom van de Rode Kamer*.

Uwe Majesteit kent het verhaal. Op kosten van de vermogende Jia-clan wordt de 'Tuin van het Grote Uitzicht' aangelegd om een jong familielid, Jia Yuanchun, een meisje dat werd weggerukt uit haar vertrouwde wereld om tot Keizerlijke Concubine te worden benoemd, in stijl te ontvangen. Daarna woont haar broer in die tuin, Baoyu, de erfgenaam, omzwermd door lieve nichtjes en bekoorlijke dienaressen. Evenals de Twaalf Schoonheden die Uw vader de Yongzheng-keizer door hofschilders liet penselen, zijn ze eerst amper van elkaar te onderscheiden, zozeer zijn de jongedametjes eender in charme en gratie; pas als het verhaal vordert, leren wij hun karakter kennen. En zelden stelt die kennismaking teleur. Baoyu's gezellinnen bezaten zoveel meer beschaving dan de vrouwspersonen die hun laatste jaren in dit paviljoen moeten slijten!

Nu, bordeelbewoonsters kun je niet vergelijken met de courtisanes van weleer... Het is geen onbillijkheid die mij verzuchtingen ontlokt, O Majesteit; het is melancholie. De taferelen in de *Droom* vervullen mij met een weemoed die zich boven tijden en plaatsen verheft, zoals deze taferelen op hun beurt zijn ontsproten aan de weemoed van een auteur die zich verhief boven zijn heimwee naar een vervlogen jeugd... De hele wereld mag dan denken dat Lin Daiyu, de heldin in *Droom van de Rode Kamer*, model staat voor het meisje op wie de auteur als jongeling verliefd was (waarna hij door een list van de familie een ander moest huwen en zij voortijdig sterft), maar zo is het niet! Lin Daiyu, Xue Baochai, Qin Keqing, Shi Xiangyun, kortom alle schonen die het verhaal bevolken, horen niet bij de jeugd die de auteur zich herinnerde; ze horen bij de jeugd die hij zich had gewenst. En ik was het die het gerucht verspreidde dat Cao Xueqin met de romance van Daiyu en Baoyu een gedenksteen wilde oprichten voor een jonggestorven lief.

Deze mystificatie – ja, dat is het woord: Uwe Majesteit voorvoelde het reeds! – sloeg bij Xueqins verwanten zozeer aan, dat het glorieuze verleden van de eens zo prominente Cao-clan er als het ware zijvleugels bij kreeg, terwijl de taferelen zich als pauwenstaarten openvouwden voor de betoverde ogen van neven, halfbroers en ooms. 'Illusie is waarheid en het ware illusie': niet voor niets is dit het motto van de roman. De schrijver droeg de ene passage na de andere voor; verwanten, vrienden en buren stortten zich op het verhaal als meeuwen op een vissersboot; ontroerd konden ze zich rouwplechtigheden, rêverieën en ruzies heugen die er nooit zijn geweest... Wat Cao Tianyou, Xueqins lievelingsneef, er overigens niet van weerhield om alle kladversies en afschriften waar hij de hand op kon leggen te verluchten met uitroepen als 'Zo was het precies!' en 'Ja, dat meisje is raak getypeerd, je moet erbij zijn geweest om het te weten' – in glanzende, karmijnrode inkt. Tot vervelens toe benadrukte neef Tianyou hoeveel mooie herinneringen hij wel niet met Xueqin deelde en hoe voortreffelijk de auteur ze had verbeeld. En alsof bijschriften niet genoeg waren, weidde hij er ook nog eens over uit wanneer alle heren van en buiten de familie bijeen waren, zodat de voordracht van nieuwe episodes uren vertraging opliep...

Zelf kende ik zo'n rijk familieleven niet, en wanneer Lievelingsneef zich weer eens in reminiscenties verloor, vond ik weinig troost in de wetenschap dat Xueqin zijn toehoorders op mijn aanstichten een rad voor ogen draaide. Ik verdacht Tianyou er zelfs van dat hij zich van de misleiding bewust was, dat de fictie hem een vrijbrief gaf om zich te wentelen in een verbeeld verleden. Ja, om mij de ogen uit te steken! Maar zijn gepraat verleende de mystificatie glans, en onder geen beding mocht iemand weten hoe het werkelijk zat; angstvallig hield ik mijn afgunst verborgen.

Majesteit! Over *Droom van de Rode Kamer* zou ik geheimen kunnen verklappen waar zelfs de geleerdste literati geen weet van hebben, zo gewiekst wist Cao Xueqin ons te begoochelen met zijn vertelkunst... Het liefst fluisterde ik U die geheimen in het oor! Maar het decorum belet zulks, evenals de beambten die dit rekest onder ogen krijgen. Hoe toch de afstand te slechten die mij scheidt van de Troon – een afstand die, hoewel gering, bezaaid is met wachters, eunuchen en vergrendelde maanpoorten?

Ook in dit Paviljoen van de Vergeten Concubines ben ik nog Uw gevangene, net als in de kerker. Louter omdat ik mijn plicht deed, mag ik mij niet vrijelijk verplaatsen in de Verboden Stad, laat staan door Peking, en onderga ik de bitterheid die dit paviljoen sinds mensenheugenis teistert. Elke dag omzeil ik de intriges waarmee Uw versmade bijzitten hun levens vergallen, tot het uur waarop ze zich reisvaardig moeten maken om af te dalen naar de Gele Bronnen. Meen niet dat ik klaag, o Majesteit! Ik schets het donker waartegen mijn vreugde des te stralender afsteekt, zozeer ben ik U – ik kan het niet genoeg herhalen – erkentelijk voor het schrijfgerei dat U liet brengen.

Met inkt, rietpen en papier ontstijg ik de webben waaraan hier dag en nacht wordt geweven, zoals de nachtegaal de doornige braamstruik ontstijgt als hij zijn lied uitjubelt. Ja, nu ik schrijf ben ik reeds vrij – zij het geketend aan een drang die ik onmogelijk uit kan bannen. 'Als de jeugd verwelkt, brengt het talent uitkomst,' luidt een gezegde uit mijn geboortestreek, maar of het waar is? Zeker, mijn jeugd is verwelkt, maar het talent bracht tot op heden meer moeilijkheden dan uitkomst. Van scènes en seizoenen begon ik weidse panorama's te weven; uit het geheugen diepte ik voorvallen op die ik liever vergat. Alleen zo kan ik het leven verbeelden, het leven zoals het had kunnen zijn – en zoals het is wanneer men de franje verwijdert.

Ooit schreef ik poëzie. Enkele van mijn gedichten zijn in bloemlezingen opgenomen; het merendeel is door de vlammen verteerd. Ik ben er niet rouwig om. Proza is mijn element, in de roman schuilt mijn kracht.

Ziedaar mijn letterkundig misdrijf! Ziedaar al mijn misdaden! Vertrouwend op Uwe Majesteits mildheid wacht ik mijn vonnis af.

Akte van Memorie (ongenummerd)
De Qianlong-keizer
Aan Opperraadsheer Heshen

Als de keizer vrienden had, Opperraadsheer Heshen, zou U voorzeker een vriend zijn... Uw ijver stelt Ons in staat Onze talloze plichten na te komen; een last die nog wordt verzwaard door de rebelse inborst van ondankbare onderdanen – en door gezichtsverlies, sinds de Brit Ons zijn koutou misgunde. Nog verstoort Macartney Onze nachtrust. In Ons slaapvertrek doemt zijn plompe tronie op, nacht na nacht, misprijzend en van iedere eerbied gespeend.

Wij dragen u op 'de voorraad' vandaag nog aan te vullen: de doses zijn wederom ontoereikend gebleken. Bij de ochtendzittingen van de Grote Raad moeten Wij verstek laten gaan: derhalve belasten Wij u met lopende staatszaken alsmede Onze dagelijkse bekommernissen. De komende dagen dulden Wij niemand in Onze nabijheid. Ziet u daar nauwlettend op toe – niemand! Alleen u, Heshen, u en vier koks krijgen tweemaal daags toegang tot Onze vertrekken om de maaltijd te brengen, nadat die door de eunuch Weigong is voorgeproefd – in het diepste geheim, voor het geval iemand in de keukens een grief tegen Onze lijfsdienaar mocht koesteren.

Onze afzondering zal dienen om studie te maken van *Droom van de Rode Kamer*, naar verluidt geschreven door Cao Xueqin, die blijkens het hoofdstedelijk register dertig jaar geleden kwam te overlijden. Nadat dit werk jarenlang in de vergetelheid sluimerde, heeft het plotseling, om onpeilbare redenen, de leeswoede ontketend – of de leeshonger gestild – van heel geletterd China. Dit verontrust Ons. Hoe dikwijls tooit trouweloosheid zich niet in de pronkgewaden der schoonheid!

Laat negentig exemplaren bij de Hanlin-academie bezorgen en één bij de Oppercensor; let wel, van de editie die onlangs is uitgebracht door Gao E en Cheng nog wat, kortom die waarin alle 120 hoofdstukken zijn opgenomen. Corrupte kopieën, afschriften, roofdrukken en erotische prenten in het kielzog van *Droom* komen later aan de beurt; eerst zal het boek zelf worden onderworpen aan het keurend oog van het Censoraat en de Hanlin-academie. Men fluistert immers dat de auteur (maar niet Gao E) een rebel is geweest die Onze luisterrijke dynastie het Mandaat des Hemels misgunde! Terwijl zijn grootouderlijke verwanten – als Cao Xueqin is wie men zegt dat hij is – zich in de genegenheid van het Hof verheugen mochten en de hoogste posten kregen toebedeeld!

Zo is het lot van heersers, Heshen. Zij zaaien gunst en zij oogsten wrok – en toch mogen zij nimmer versagen.

Keizerlijk Decreet 21.827
inzake Vrouwe Cao
en haar smeekschriften
in naam van de Troon

Het Hof wijst vrijspraak van de vrouw Cao Baoqin af. Voorlopig komt het niet tegemoet aan haar mateloze wensen; andere tolken zullen haar plaats innemen ingeval het Hof hun diensten van node heeft.

Als loon voor oprechtheid wordt haar leven gespaard. Doch zij sprak zich te brutaal uit, een vergrijp waarop een straf van veertig stokslagen staat – een aantal dat op voorspraak van Oude Tweede Keizerlijke Bijzit Chun Xian is teruggebracht tot de helft.

Voorts draagt het Hof de tolk Baoqin op om haar betrekkingen met Ti Qing, het vroegere opperhoofd van de Hollandse handelspost te Deshima, even vrijmoedig te onthullen als zij al het overige onder de Hemel meent te mogen beschrijven. 'Leergierigheid', 'dorst naar kennis' en andere voorwendselen zal zij achterwege laten, opdat de ware en wellustige aard van haar betrekkingen met de roodharige duivel aan het licht trede.

Zij zal niet van dit onderwerp afdwalen en de papierrol die haar eerdaags zal worden bezorgd geheel met haar woorden vullen.

Gehoorzaam dit bevel!

Vrouwe Cao
Aan de Zoon des Hemels
gevolg gevend aan Decreet 21.827
inzake het voormalig opperhoofd van Deshima
I. Titsingh, ook wel geschreven als Ti Qing

Majesteit! Zodra mijn verwondingen het toelieten – eerder nog – heb ik mij aan dit schrijven gezet, en indien mijn kalligrafie niet de gratie vertoont die U van mij gewend bent, is de lijfstraf waarmee mijn eerdere smeekschrift werd gehonoreerd daar ongetwijfeld debet aan. U te laten wachten scheen mij evenwel bezwaarlijker toe dan een haperend schoonschrift.

De Opperraadsheer zelf was het die, omringd door vier getrouwen, dit paviljoen met zijn aanwezigheid vereerde; geen ander dan hij hanteerde de stok. Dit corrigerend optreden was blijkbaar te belangrijk om aan minderen over te laten... Al heb ik tot op heden zijn naam ongenoemd gelaten, toch moeten toon en strekking van mijn eerdere smeekbeden Heshen danig hebben gekrenkt: hij was buiten zinnen van razernij.

'Een hoer ben je, een minne hoer, beken het maar!'

Zwiepend daalt het bamboe op mijn rug. Mijn lippen zijn verzegeld, mijn tong kleeft aan mijn verhemelte; de omschrijving van Uw hoogste dienaar betreft niet mij! Weliswaar zag ik mij na Xueqins dood genoopt naar Nanking te verhuizen om mij als courtisane te vestigen, maar dit woord behelst, hoezeer het ook aan luister heeft ingeboet, nog altijd iets anders dan 'hoer'. De courtisane verkeert in de hoogste kringen; geleerden en literati begroeten in haar de vertrouweling, de deelgenote van

33

hun tederste gevoelens en hun meest poëtische geheimen: wie zou het wagen de nobele dichteres Liu Rushi voor straatmadelief uit te maken?

Louter om wansmaak af te straffen trotseer ik Heshens bevel, Zoon des Hemels, niet om U te weerstreven. Terwijl de stok op mij inbeukt, slag na slag, pijnscheut na pijnscheut, wankelt mijn trouw aan de Troon geen ogenblik; in stilte zeg ik de Majesteit dank, en ik schrijf het aan Zijn mildheid toe dat mijn voetzolen worden gespaard! Doch het zij verre van mij om mijn toevlucht te zoeken tot leugens, en dan zwijg ik nog van mijn ontzag voor de grote courtisanes van weleer.

Ik tel de slagen, ik verbijt de pijn. Bij achttien sta ik op van het strafblok. Mijn haren zijn in de war, ze kleven aan mijn bebloede schouderbladen; het lijfje van het boetekleed klem ik tegen mijn boezem. Ik kom overeind, Heshen en trawanten deinzen terug... Mijn hele rug moet open liggen; op de plavuizen drupt bloed. Ik negeer het en vraag belet om te spreken. Heshen knikt met krijtwit gelaat; geruisloos verricht ik de koutou voor Uwe Majesteits dienaar. Mijn hoofd raakt de plavuizen, de pijn benevelt mijn verstand. Hoog boven mij hoor ik: 'Baoqin! Als je geen hoer bent, wat ben je dan wel?'

Als gestoken richt ik mij weer op. 'De incarnatie van Liu Rushi!' Ik schreeuw het uit. 'In mij, Heshen, leven de courtisanes voort die zich met de beste dichters konden meten, ja, die zélf dichtten!'

'Welk gedicht bewijst uw literaire verdienste? Erotische verdienste mag ook.' De trawanten bulken van het lachen; ik negeer ze.

Langzaam komt Heshen op mij af. Een walm van goedkope jasmijnthee slaat me in het gezicht. Hij fluistert:

'Wat is het beste vers van uw hand?'

'Het beste...?' Woorden en dromen tuimelen als een vlinderplaag door mijn brein. 'Ik zou het niet weten, heer. Maar menig poëem treft u in de betere bloemlezing aan, als de censor die tenminste niet in het vuur wierp: oordeelt u zelf!'

Heshen staat roerloos voor mij. Geen van de vergeten concubines gelooft dat hij eunuch is, al houdt hij zich naar verluidt 's nachts in de Verboden Stad op, een voorrecht dat aan een Ongeschondene nimmer verleend wordt. Voor mij is Heshen wel degelijk een eunuch: ik zie de man geen vrouw beminnen, het idee alleen al... Hoe die onoorbare gedachte tot mij komt, Majesteit, weet ik niet en wens ik niet te weten. Ik weet dat ik moed dien te vatten; moed die verheft boven pijn.

'Wat maal ik om gedichten,' vervolg ik. 'Mijn genre is de roman, en zo de Hemel het wil, zal die roman worden voltooid. En zo de Hemel het níét wil, dan ga ik met het werk in wording ten onder, net als hij!'

'Hij – wie?'

Hoog rijs ik boven de gedrongen Opperraadsheer uit; op ooghoogte glimt de geschoren schedel onder de hoed met de pauwenveer. 'Hij die *Droom van de Rode Kamer* schiep!'

'Kijk eens aan! Niet zomaar een hoer: een hoer met verbeelding!' Zijn woorden zijn als het gekerm van een muis, tegen de verbeelding moet zelfs de oppermachtige Heshen het afleggen.

'Verbeelding is waarheid en waarheid verbeelding,' citeer ik.

'Kijk eens aan, ze heeft *Droom* zowaar gelezen!' spot hij tegen zijn mannen. 'Het hele eerste hoofdstuk maar liefst!'

Ik hoop dat de Majesteit Zijn dienaar zal berispen; tegen een geletterde dame geven grofheden geen pas.

'Gelezen, en ondervonden, heer Heshen. Meer wederwaardigheden zult u in mijn eigen roman aantreffen. Wie weet maak ik u nog onsterfelijk!'

Hij loopt paars aan. 'Nog zo'n vrijpostigheid en ik verklaar alle stokslagen nietig, en dan beginnen we weer van voren af aan!'

'Heshen!'

Tweede Oude Concubine Chun Xian, op wier voorspraak men mijn straf had gehalveerd, betrad de zaal, zonder op een stok te steunen. Verbijsterd staarden Heshen en trawanten haar aan. Niet alleen zij; alle blikken sloegen zich vast in haar tengere doch fiere gestalte, terwijl ze naar de zetel schuifelde die haar werd aangeboden. Voor ze ging zitten, wees ze met een jichtige vinger de Opperraadsheer aan.

'Toon ons het decreet waarin de Keizer u opdraagt wat u Vrouwe Cao hebt aangedaan.'

Hij haalde het stuk tevoorschijn en wuifde ermee in haar gezicht. Zelfs in de mist van mijn onvergoten tranen merkte ik evenwel op dat het Keizerlijk Zegel ontbrak.

'Heeft de Majesteit er zijn goedkeuring aan gegeven?' vroeg de eerbiedwaardige oude dame.

De Opperraadsheer, zichtbaar om een antwoord verlegen, zweeg.

'Een vervalsing! Uit mijn ogen, jij,' sprak de eerbiedwaardige oude dame met bevende stem. 'Yongzhengs nagedachtenis is wel genoeg ontheiligd.'

De naam van Uw keizerlijke vader, o Majesteit, wiens favoriete zij ooit was, joeg allen de stuipen op het lijf. Uw vertrouweling verliet het paviljoen alsof híj het was die slaag had gekregen; zijn trawanten slopen achter hem aan. Zo ging het, Majesteit: Oude Tweede Concubine Chun Xian, tevens Uw jongste stieftante, kan getuigen...

Ze waren weg; ik liet het boetekleed van mij afglijden. Ogen vol deernis sloegen mijn gehavende gestalte gade, men hulde mij in een gewaad van de teerste zijde – ik zou het moeten verbranden, mijn bloed bezoedelde het.

Ik verzocht Oude Concubine Chun Xian om een onderhoud; zij stemde grif toe. Ik volgde haar door de maanpoort, de tuin in, langs de zangvogelkooitjes; ze verkoos de beslotenheid van haar vertrekken. Mijn rug schrijnde onder de soepele, bloeddoorlopen stof. Toch wilde ik voor haar neerknielen, Majesteit: is dat niet veelzeggend? Ook sterfhuizen kennen rangen en standen, daarop valt onze waardigheid terug wanneer ons de rest is ontnomen.

'Laat dat!' Zilveren lokken priemden als kille vlammen uit haar kapsel; haar oude ogen stonden streng, al gaven de kraaienpootjes haar welgezindheid prijs. 'Ik zou voor jóú moeten knielen, *Daiyu!*'

Het was of er een poort openging naar het licht: de eerbiedwaardige Chun Xian had mij Daiyu genoemd, naar Lin Daiyu, de heldin van *Droom van de Rode Kamer*! De tranen, opgedroogd toen het bamboe mij bloeden liet, vloeiden vrijelijk over mijn wangen. Vrouwe Chun kende mijn geheim, Majesteit, zoals ze alle geheimen kent; dit besef schonk kracht, weldadiger dan de wonderbalsem die ze met stramme doch bekwame vingers aanbracht op mijn gehavende rug. Want ik, die voornemens ben het leven zoals ik het ken te vereeuwigen in een roman, begon mijn literaire leven als het weeskind Lin Daiyu, de ware heldin in *Droom van de Rode Kamer*.

Buiten dit meesterwerk was ik Xueqins huishoudster, toeverlaat, vreugdenimf. Degene die hem op een mooie zomeravond de romance inblies van Jia Baoyu en Lin Daiyu, nadat ik er nachten achtereen van gedroomd had. Jong als ik was – en om die reden – vroeg ik Xueqin het gerucht te verspreiden dat hij, de roemruchte drinkebroer van de ooit roemrijke Cao-clan, de schonen uit zijn jeugd herdacht; die mythe moest de argwaan jegens mij verdrijven. Geen meisje uit zijn verleden maar ik, ik ben – was – Lin Daiyu, het hartstochtelijke, droeve nichtje van de held en tevens diens innigste geestverwant. En de held is Cao Xueqin zelf; het personage Baoyu, jong en onwaarschijnlijk knap van voorkomen, typisch iemand uit een boek, diende om de aandacht af te leiden van de auteur en zijn geheime omgang met mij.

Wel een bijzonder figuur, die Baoyu! Ik weet niet hoe het andere lezers vergaat – hoe het U verging, Majesteit – maar zodra Baoyu zijn entree maakt, is het net of de huid van het hele verhaal strak trekt, als na een geurig bad. Je hebt al een zwak voor het weesmeisje Daiyu, maar van Baoyu raak je bedwelmd. Hij is een goddelijk element in mensengedaante, net als Lin Daiyu overigens; hun geheime liefde is niet van deze wereld.

De betovering zelf is daarmee niet verklaard. Simpele lezers mogen nog zo met Baoyu dwepen, toch weten ze best dat hun held uit schrifttekens bestaat. Het wonder is dat Baoyu daar sympathieker van wordt. Hoe vlijtig een schrijver ook gewaagt van zielen die elkaar in een feeënrijk kenden voor ze ter wereld kwamen, overtuigen zal hij niemand – tenzij de magie doorsijpelt in woorden, stiltes, wisseling van ritme en tempo; in spanning die onherroepelijk oploopt. Slechts meesterschap vermag de lezers in vervoering te brengen, zelfs als zij zich amper bekommeren om schrijftrant en vorm – ja, juist dán! Stijl is de zorg van de schrijver, terwijl de lezer zich gretig in het vertelsel verliest... Maar aangezien Zijne Majesteit meer dichtersbloed door de aderen stroomt dan al Zijn hovelingen bij elkaar, waag ik het toch de kwestie breder uit te meten, in de hoop Hem aangename ogenblikken te bezorgen...

Baoyu's charme is dat hij zijn goddelijke afkomst niet kent. De steen van jade die men bij zijn geboorte aantreft in zijn mond, ziet hij zelf als het bewijs dat hij nergens goed voor is. Uwe Majesteit zal zich Baoyu's overtuiging heugen dat meisjes van water zijn en jongens van drek. Baoyu maakt liever plezier met de nichtjes dan dat hij optrekt met leeftijdgenoten van eigen kunne, al moet ik hier een uitzondering maken voor Qin Zhong – met wie hij in de loop van het verhaal zelfs het bed zal delen.

Net als iedereen dacht ik vroeger dat het personage van schoolkameraad Qin Zhong op Xueqins lievelingsneef was geënt. En het is waar dat de schrijver van jongs af aan een zwak voor neef Tianyou koesterde. Evengoed kan men beweren dat Tianyou niet het origineel was van schoolmakker Zhong, maar van de held zélf, Baoyu. Toen ik hem ontmoette was Tianyou op leeftijd; toch had hij in doen en laten iets jeugdigs, iets kwikzilverachtigs – wat ook van Baoyu, maar zeker niet van Xueqin kon worden gezegd. Nu, ik houd het erop dat de figuur Baoyu afkomstig is uit het Rijk der Illusie, en dit lijkt mij doorslaggevend. Maar wie per se parallellen wil trekken tussen de personages en de levenden – de doden, beter gezegd –, zal heul vinden bij de idee dat Baoyu niet zozeer op Xueqin of Tianyou afzonderlijk berust, als wel op hun innige vriendschap – die door Tianyous vader werd verfoeid.

Levenslang zouden ze kameraden blijven. Tianyou, alias 'Rode Inktsteen' of 'Inktsteen van Rouge', kreeg als enige toestemming om met die bloedkleur in de marges te schrijven; de rest moest het van Xueqin bij gesproken commentaar houden. En omdat hun innige vriendschap ooit vaderlijke afkeuring oogstte, gaat de verzonnen held gebukt onder de waan dat hij nergens voor deugt. Zodra Baoyu het in uitbundige buien vergeet (vaak), wordt hij (en worden wij) er wel aan herinnerd door de omgeving – en door de auteur. Aan één stuk door lezen we dat deze jongen warhoofdig is, zich druk maakt om niks, zich te veel met meisjes inlaat, zijn studie verwaarloost en zijn vader verdriet doet.

Al die tekortkomingen dragen juist aan de betovering bij!

Voor Baoyu gelden andere wetten, voelen wij, dan voor alle overige van drek gemaakte wezens – wat U nauwelijks verwonderen zal, o Majesteit: men kan de keizer evenmin met de ambtenaren vergelijken, al is Hij de hoogste van hen. Wie zou Baoyu willen ruilen voor de schuinsmarcheerder Jia Lian, de gladde baantjesjager Yucun of die ellendeling van een Xue Pan? Niemand toch zeker! Me dunkt, daarmee is het bewijs voor Xueqins talent wel geleverd.

Hoe het ook zit met neef Tianyou – of *zat*: ook hij zal nu wel zijn overleden –, Baoyu is een verzinsel. En verzinsels oefenen een duistere macht over ons uit; in mijn vorige rekest gewaagde ik al van zogenaamde familieherinneringen die over de Cao-clan vaardig werden, toen Xueqin zijn betoverende taferelen voordroeg. En hoewel de echte Xueqin er minder aantrekkelijk uitzag dan zijn verzonnen evenknie, zeker tegen de tijd dat ik hem leerde kennen, opende de verzonnen Baoyu de poorten naar zijn ziel.

Xueqins ziel bedoel ik, niet die van neef Tianyou!

Maar nu spreek ik als minnares.

Ja, ik hield van Xueqin, Majesteit, al haatte ik zijn lankmoedigheid...

Zoals de bijenkeizerin door duizend darren wordt omstuwd die haar geen ogenblik respijt geven, zo werd de schepper van wat een nog mooier boek had kunnen (en moeten) worden, onophoudelijk belaagd door halfbroers, neven, vrienden en buren die op de schrijver afkwamen als keldermotten op een lampion – om hem vervolgens te bedelven onder beuzelachtige commentaren en bloedeloos gevit. Door hun bemoeienis kon de schrijver het levenswerk niet voor zijn dood voltooien. De laatste veertig hoofdstukken zijn aangevuld – misvormd – door Gao E: geen onverdienstelijk dichter, doch ten enenmale verstoken van Xueqins talent.

Ziet U, Majesteit, de familie hoopte te delen in de roem, en bovenal in de zilverstukken waarmee roem gepaard pleegt te gaan. Van letterkunde hadden ze weinig benul, anders zouden zij zich er wel van vergewist hebben dat Xueqins naam op het titelblad prijkte en niet de onbeduidende namen van Gao E en die boekhandelaar! Maar lang voordat hun corrupte – anderen zullen zeggen: 'gefatsoeneerde' – versie het licht zag, liet de Cao-clan via de tempelverkoop kopieën en afschriften van tachtig of minder hoofdstukken circuleren om hun rijstkommen te vullen en de gunst van het Hof terug te winnen, nadat Xueqins vader onder Uw vader de Yongzheng-keizer in ongenade was gevallen... Toch duldden clanleden dat de naam van hun begaafdste familielid werd weggelaten! En juist Cao Xueqin zou dit keizerlijk eerherstel, waar al die anderen zo op gespitst waren, ten volle hebben verdiend. Neef Tianyou wellicht ook, al pleit het niet voor hem dat hij elk afschrift waar hij de hand op kon leggen met zijn rode kreten bedekte. Niettemin was de drijfveer nobel: zo probeerde de neef de schrijver op te beuren wanneer onnozeler zielen hem de les lazen... Overigens was het niet meer dan billijk dat Uwe majesteit weigerde diegenen in rang te verheffen die op geen verdienste konden bogen – en Xueqin dacht er net zo over, bekende hij mij in het uur van zijn dood, toen hij eindelijk toegaf dat hij te lankmoedig was geweest.

Majesteit, laten wij op onze beurt lankmoedigheid betrachten jegens leden van de Cao-clan: ze deden wat de meesten zouden doen. Hun handelwijze, hoe laakbaar ook, werd ingegeven door oprecht verdriet om Xueqins verscheiden. Nog geen vijftig was hij toen hij afdaalde naar de Gele Bronnen. Moge hij in de herinnering voortleven als weergaloos genie en beminnelijk mens; zelden gingen deze deugden zo harmonieus samen! Hoe wrang dat hij, anders dan zijn geliefde roman, in vergetelheid is geraakt!

Inmiddels zijn het allang de verwanten niet meer die munt slaan uit Xueqins postume populariteit. Al wat op talent of geleerdheid prat gaat, voert twistgesprekken over de diepere zin van *Droom*, over symbolen die de auteur in de Tuin van het Weidse Uitzicht zou hebben verborgen of zinspelingen op Uw toenmalig bewind. Heren van gevorderde leeftijd vergelijken de grillen van Lin Daiyu met de verdiensten van Xue Baochai, met wie Baoyu onder dwang in het huwelijk treedt; Baochai, een toonbeeld van saaiheid en deugd, die oprecht van oordeel is dat jongedames niets te winnen hebben bij een literaire aanleg... Nu, één ding is zeker, Majesteit: nooit zullen hele en halve literati zich de genoegens van een twistgesprek ontzeggen omdat hun kennis leemten vertoont. Wat ook wel weer menselijk is – ik reken het niemand aan. Sterker nog, ik heb dit recht verspeeld. Want om Xueqins nagedachtenis te eren zweeg ik; door te zwijgen maakte ook ík mij medeplichtig aan hun woordenpraal, die ik in een ommezien zou kunnen ontmaskeren als ik de moeite nam.

Maar mocht Uw interesse zijn gewekt, dan heb ik Uwe Majesteit nu reeds een geduchte voorsprong geboden; naast het gekwaak van de literati zal Uw inzicht in het letterkundig hoogtepunt van Uw regeerperiode opklinken als nachtegaalgezang – zeker als ik U onder vier ogen tekstplaatsen en nadere details verschaf.

Vergeef mij, O Verhevene! Te lang ben ik bij Cao Xueqin blijven stilstaan – zij het dat mijn hulde aan de schrijver in mindering komt van de hoeveelheid karakters die ik van node zal hebben om de gezant Ti Qing, alsmede mijn connectie met hem, aan Uw verheven oordeel voor te leggen: het eigenlijke onderwerp van dit smeekschrift. Xueqin was alles wat de ander niet is; daarmee is driekwart gezegd.

Ti Qing deed de geest opgloeien maar liet het hart onberoerd. Zonder mij te willen verschuilen achter het masker van weetgierige dame, mag ik niet onvermeld laten hoezeer hij mijn weetgierigheid tot het uiterste prikkelde. Ti Qing opende de poort die mij van de wereld scheidde – op het eilandje Deshima, waar de wereld tot een minimum krimpt!

Het Hof zal bekend zijn met Deshima's geografie. Een waaiervormig eilandje in de haven van Nagasaki, meer is het niet. De Hollandse handelspost telt drie of vier straatjes, door een holle brug van de Japanse wijken gescheiden. Die brug zit altijd op slot. Twee dozijn Hollandse hoogwaardigheidsbekleders slijten in dit geslonken heelal hun leven, ver van huis – hun echtgenotes mogen niet mee – en verstoken van vriendschappelijke omgang en beschaafd vertier. Continu staan ze onder toezicht van hordes beambten en tolken. De Shogun houdt de Hollanders in strikte afzondering, strikter dan de Chinezen op het naburige eilandje; zij het dat er onder Ti Qing, die om zijn wetenschappelijke verdiensten aanzien genoot bij Japanse geleerden en zelfs bij de keizerlijke kanselarij te Edo, een lichte versoepeling intrad. Zo kwam het dat wij de Hollanders een enkele keer mochten bezoeken, en het was vast aan Ti Qing te danken dat de tolken- en beambtenmeute bij dit soort gelegenheden uit het zicht bleef... Mijn Chinese meester sloeg zijn tijd aan de speeltafel stuk en had zich diep in de schulden gestoken. Zowel om kosten te besparen als om inkomsten te verkrijgen ging hij ertoe over zijn personeel aan Deshima uit te lenen – nog een versoepeling waarvoor Ti Qing had geijverd. Of mijn Chinese meester zo gezichtsverlies voorkwam, weet ik niet en boezemde me destijds geen enkel belang in: ik betrad een andere wereld. Nog geen jaar na zijn aantreden in Deshima werd ik aan Ti Qings huishouding toegevoegd.

Van mijn Hollandse superieur leerde ik eerst de beleefdheidsfrasen zoals 'Huma quhet, meferao?' of 'Is alles naar wens?' – frasen waarvan de hoge heren van de Compagnie-in-verval hopen dat de gedienstigen zich daartoe beperken zullen, en waartoe het personeel in Deshima zich maar wat graag beperkt, gezien de marteling voor keel en tong die het Nederlands met zich meebrengt, ook al had deze taal, als ik Ti Qing mocht geloven, zelden zo welluidend geklonken als op mijn 'ongeoefende lippen'... Beducht voor vleierij – dacht de magistraat mijn lippen oefening te bezorgen, en zo ja, op welke wijze? – dorst ik dit niet te beamen, al trad mijn aanleg voor talen op die dag ten volle aan het licht. Daar kwam nog bij dat mijn nieuwe meester noch ik van plan was het bij frasen te laten; wij waren, zoals de Hollanders zeggen, uit ander hout gesneden. Snel maakte ik mij de beginselen van hun snauwerige spraak eigen en leerde ik die toe te passen op mijn dagelijks uitdijende woordenschat.

Vlijt volstaat niet, Majesteit; er komt tevens verstand bij kijken. Bijtijds zag ik in dat Hollandse klanken op velerlei toonhoogte worden uitgesproken zonder van inhoud of schrijfwijze te veranderen, wat voor ons erg moeilijk te bevatten is. Stelt U zich eens voor dat 'qing' – liefde, gevoel, hartstocht – hetzelfde zou betekenen als 'Qing', de naam van de dynastie: het hele bestel zou krakend ineenzijgen! Dat de toonhoogte er niet toe doet, ziet men in hun geschriften terug. De kinderlijke tekens waarvan de roodharige barbaren zich bedienen geven geen begrippen weer, maar de noten in de klankenreeks waaruit elk woord bestaat, waarbij zoals gezegd niet de hoogte maar de aard der klanken doorslaggevend is. Want in het Nederlands – evenals in het Engels, zou ik later ontdekken – belichten toonverschillen en klemtonen hooguit de geestesgesteldheid van de spreker, en niet de betekenis van de woorden. En nu komt het, Majesteit... U zult het niet geloven! Toen ik het de eerste keer hoorde, was ik met stomheid geslagen. Door de barbaarse goocheltruc om de klanken afzonderlijk te noteren, hebben de roodharige duivels het aantal schrifttekens weten terug te dringen tot een luttele twee dozijn! Wie schetst dan ook mijn verbazing toen Ti Qing moest erkennen dat er zelfs in zijn land mensen zijn die niet kunnen lezen en schrijven!

Alhoewel: tegenover dit povere aantal tekens, opgesomd in een 'alfabet' dat elk schoolkind kan opdreunen, staat een bamboewoud van combinaties. En vaak doen zich afwijkende schrijfwijzen voor, krachtens de buitenlandse herkomst van een woord of de – in Europa ernstig overschatte – rol van het woord in de zin (wat om peilloze redenen 'syntaxis' wordt genoemd, een Grieks woord voor 'opstelling' of 'slagorde'). Ook kent de uitspraak afwijkingen die op schrift ontoelaatbaar zijn; wat men hoort is niet altijd wat men ziet, en vice versa. Al met al is het toch nog lastig om foutloos te schrijven. Tot mijn schande moet ik bekennen dat ik noch in het Nederlands noch in het Engels de zogeheten 'spelling' geheel meester ben geworden, al gaat het lezen mij in beide talen wonderwel af.

Hoeveel schade dit 'alfabet' aan het brein toebrengt, zou ik niet kunnen zeggen, al vermoed ik dat die aanzienlijk is, want beeldspraak en begrippen pakken lomper uit dan bij ons. Hun wijsbegeerte gaat aan hetzelfde euvel mank. Waar wij met een enkel karakter volstaan, putten de westerlingen zich uit in een omhaal van woorden. Zoals ze eindeloos die twee dozijn tekens rangschikken en herschikken (wat hun drukwerk een vreugdeloze aanblik verleent, hoe belangwekkend de inhoud ook is), zo moeten zij aan de hand van banale, dorre, eindeloos herhaalde

46

logische stappen elk begrip telkens opnieuw definiëren, ongeveer zoals wij kindse grijsaards steeds hetzelfde inprenten om ze niet te laten verdwalen in de nevel van hun ordeloze herinneringen.

Helaas was ik niet in de gelegenheid om kwesties van schrijfwijze en hersenwerking nader te bestuderen, temeer daar noch wij noch de barbaren een wetenschap kennen die onderzoekt hoe de taal het denken belemmert. Maar ere wie ere toekomt: Ti Qing bezat het talent om zich over alles te verbazen; ook zúlke kwesties mochten zich in zijn belangstelling verheugen. Ik deed hem geen groter plezier dan door op de gekste tijdstippen een buitenissig vraagstuk aan te snijden. Mij, een dienares, nam hij even serieus als Deshima's hoogste beambte, zo niet nóg serieuzer. 'Ik wakker uw wetenschappelijke talenten aan,' placht hij te zeggen, 'en u heeft de dichtader gevonden die in mij sluimert, al zijn mijn gaven op dat vlak gering.' Het is inmiddels jaren geleden, Majesteit; toch staat me nog levendig bij hoe ik mijn tranen moest bedwingen op de avond dat hij deze woorden voor het eerst tot mij richtte. Het trof mij dat een barbaar als Ti Qing zo'n fijngevoeligheid bezat. Nee, hij was geen tweede Cao Xueqin, maar hij had iets wat Xueqin niet had.

'Ik dank schuld u,' mompelde ik – toen nog gebrekkig – in zijn taal.

Waarop hij uitriep: 'Vrouwe, het is omgekeerd! Ik ben het die u dank is verschuldigd!'

Verbaasd vroeg ik waarom.

'Sinds u Deshima met uw aanwezigheid opluistert,' sprak hij ernstig, 'wordt de horizon niet langer begrensd door de golfslag van Nagasaki's haven, het groen van Nagasaki's heuvels en de muren aan gene zijde van de brug. Sinds ik u ken, Baoqin, is mijn ziel zo ruim als het heelal.'

Vaak heb ik deze woorden overdacht, Majesteit, en van alle kanten bekeken; nooit heb ik ze kunnen doorgronden. Ook nu Chun Xians balsem de pijn van mijn bebloede rug verzacht, is het mij een raadsel wat het toenmalige opperhoofd van Deshima kan hebben bedoeld.

Eén zinspreuk waarop de westerse wijsbegeerte gegrondvest is, luidt: 'Ken uzelf.' U en mij klinkt dit eerder koddig dan wijs in de oren, alsof je tegen een kind zou zeggen dat het enkel hoeft adem te halen om volwassen te worden. Zelfs de meest verstokte Taoïst zou zo ver niet willen gaan – waarmee ik overigens allerminst wil suggereren dat buitenlanders Taoïsten zijn; hun tegenpolen eerder. Waar de Tao leert dat alles gelijkstaat aan niets en de waarheid geen naam heeft, scheppen de vreemdelingen er behagen in banale denkbeelden om te zetten in gietijzeren aforismen die ze 'stellingen' noemen. Ze scheppen er zo mogelijk nog meer behagen in om deze stellingen met hun slinkse logica onderuit te halen, indachtig de smid die zijn beste hoefijzers het langst blootstelt aan hamer, hitte en aambeeld... Het valt nauwelijks te bevatten, Majesteit, maar anderhalve eeuw geleden (ten tijde van Sebinousa, of eerder zelfs, toen bij ons de laatste Ming-keizer op de Drakentroon zetelde) haalde een beroemde wijsgeer uit Franguo, wiens naam me helaas is ontschoten, zich een migraine van maanden op de hals met de vraag hoe (en of) hij weten kon dat de werkelijkheid echt was en geen illusie die hij er toevallig op nahield – bij wijze van liefhebberij, zoals wij er zangvogeltjes op nahouden.

Toen Ti Qing dit vertelde, werd mijn lachlust geprikkeld; tegelijk had ik met hem te doen, en ook met zijn povere beschaving, onkundig als ze is van Zhuangzi, die in poëtische trant alle kwesties van illusie en realiteit uitputtend heeft behandeld: de vlinder die droomt van Zhuangzi die van een vlinder droomt die... Na maanden tobben, na syllogismen zonder tal en redeneringen als doolhoven zo groot, kwam de wijsgeer uit Franguo ten langen leste tot de slotsom: 'Ik denk, dus ik besta.'

Majesteit! Ik heb mijn Hollandse meester de vrolijkste avond van zijn leven bezorgd door in deze trant – 'Ik denk in een droom dat ik niet besta, en dus besta ik juist wel, maar buiten die droom of erin?' en 'Ik wil, dus ik kan, dus ik moet, dus wil ik niet meer: denk ik dit zelf of denkt een ander aan wie ik denk dit via mijn geest?' – de westerse logica onderuit te halen. Nu schaam ik mij voor deze goedkope spitsvondigheden en koester ik ontzag voor de grootmoedigheid waarmee Deshima's opperhoofd mij toestond zijn wormstekige klassieken te hekelen...

Intussen meen ik licht te hebben geworpen op de betrekkingen die hij en ik onderhielden, o Hemelzoon, en hopelijk pleit dit schrijven me vrij van de verdenking dat er iets onoorbaars aan kleefde. Geen vinger stak Ti Qing naar mij uit! En de geestdrift die hij in mijn binnenste ontketende, leek in niets op wat ik had leren kennen als liefde: Xueqin en mijn herinnering aan hem.

En toch: nu ik het einde van deze rol nader, raak ik danig in de war. Ik denk, dus ik besta; ik denk dat ik hem liefheb, dus bestaat liefde: hoe logisch zijn gevoelens? Cao Xueqin sterft; mijn liefde voor hem sterft nooit! *Sinds ik u ken is mijn ziel zo ruim als het heelal.* Hoewel ik denk dat Ti Qing bestaat en hij, alleen al omdat ik dit denk, ook echt bestaat (als we de wijze uit Franguo op zijn woord mogen geloven), tast ik in het duister wat betreft Ti Qings ideeën omtrent mij. Tenzij ons komende winter een nieuwe ontmoeting zal worden gegund...

Majesteit! Mocht Ti Qing mijn poëtisch aura hebben verward met inniger gevoelens (bij vreemdelingen weet men het nooit), dan nog pleit het in zijn voordeel dat hij niet één keer misbruik heeft gemaakt van kansen die onze doorwaakte nachten op Deshima hem zo ruimschoots hebben geboden.

Akte van Memorie (ongenummerd)
De Qianlong-keizer
Aan Zijn vertrouweling Heshen

Wij zeggen u dank voor de stipte levering van nieuwe voorraad. Deze verschaft exquis genot en stelt Ons, voor het eerst sinds het vertrek van de Brit, in staat een droomloze slaap te genieten, na met wondere visioenen verstrooiing te hebben geboden – visioenen die Ons meer deugd doen dan de tableaus welke Ons in *Droom van de Rode Kamer* worden voorgespiegeld. Hier speelt mee dat Wijzelf letterkundig begaafd zijn, zodat Wij geen behoefte hebben aan de opzichtige verzinsels van vakbroeders en meer voldoening vinden bij de droomgezichten dewelke in Ons eigen binnenste sluimeren.

Ja, de roman stelt teleur. Alle schittering en luister ten spijt vergeten Wij al lezend nimmer dat hier de wederwaardigheden zijn geschetst – ja, verheerlijkt – van een stuurloos jongmens, dat baat zou hebben gevonden bij tucht en toezicht; zijn brave vader schiet ernstig tekort! Deze zwakke stee in een overigens niet onverdienstelijk werk kán betekenen dat Cao Xueqin een verraderlijke Mingloyalist was, Heshen, maar bewijst niets. Ons zal het benieuwen welk oordeel de Hanlin-geleerden vellen, en Oppercensor Qian Qianlin niet te vergeten, aan wiens loyaliteit gerede twijfel is gerezen.

Wij zijn u erkentelijk voor de ijver waarmee alle overige zaken door u zijn behartigd, doch één detail heeft Ons zeer misnoegd. Stokslagen...! Zonder u zich vooraf van Onze goedkeuring te verzekeren! Nu, vooralsnog laten

Wij uw onbesuisdheid ongestraft, in de wetenschap dat Wij u met al te veel plichten hebben belast. Maar meent u heus dat geletterde onderdanen door de uitoefening van geweld hun geheimen prijsgeven? Ziet u niet in dat de Tolk Tweede Klasse daar ver boven staat?

Heshen! Uw talenten zijn talrijk, maar mensenkennis is u vreemd. Willen Wij aan Vrouwe Cao confidenties ontlokken, dan dienen Wij Ons opnieuw te verzekeren van haar loyaliteit, die door uw onberaden optreden jammerlijk werd verstoord. Handelt u voortaan behoedzaam!

Opperraadsheer Heshen
Aan Zijne Majesteit

Majesteit! Duid mij die stokslagen niet euvel! Meent u
soms dat ik uit razernij heb gehandeld? Integendeel! Maar
met redelijkheid bereiken wij niets wanneer wij te maken
krijgen met de tolk Cao Baoqin. Ik acht haar in staat om
heel dit Hof in slaap te sussen met haar zijdezachte tong.
De vrouw is een demon; zij heeft twee gezichten. Het ene
rept van nederigheid en trouw aan de keizer, het andere
drijft er slinks de spot mee. Wie de inhoud van haar woorden ter harte neemt hoort deemoed en ontzag; wie op hun
stijl let, weet dat zij bezeten is. Zij speelt met iedereen –
ja, met U, Majesteit! Haar stijl is die van de hoer die ons
onder het mom van meeleven geld aftroggelt, haar gratie
die van de verklikker die ons medeplichtig maakt – een
tweede keizerin Wu! – en haar elegantie is kil als de dood.

U verwijt mij gebrek aan mensenkennis, maar als er
iemand is die U door en door kent ben ik het! Ik weet wat
U nodig heeft, U hoeft maar te kikken en ik verschaf het:
dat weet U. Baoqins brieven tarten en bekoren U, maar ze
verschaffen U niets. De vrouw is gevaarlijk!

Toch was ook zij ooit puur en onschuldig. Helaas kwam
zij op jeugdige leeftijd de verkeerden tegen; thans gaat
Baoqins onschuld schuil onder een harnas van ge-wiekst-
heid. Ik moest de stok hanteren om door te dringen tot
haar onschuld, zoals de lijfarts in de huid snijdt om een
gezwel te verwijderen!

Dat ik faalde geef ik grif toe. Haar rug bloedde, maar het
harnas trotseerde de stok.

Keizerlijke Brief
nr. 000.100111.011
onder zegel 197112
Aan Cao Baoqin

Vrouwe! Wederom heeft u het Hof misnoegd. Uw laatste smeekschrift (als het die naam verdient) bewijst dat uw denken is aangetast door onwelgevallige scherpslijperij. Uw grap ten koste van de Qing-dynastie wekte de keizerlijke toorn! Meent u met nefaste buitenlandse logica het Hof gunstig te stemmen jegens de avonturier Ti Qing? Het tegendeel is waar. De gezant zal geen aanspraak kunnen maken op een blijvend onderkomen in Peking, in weerwil van wat die Hollandse piraten zelf nastreven; nu al is evident dat zijn koutou dient te worden beschouwd als leugenachtig en aanmatigend.

En wat een hovaardij om uw nietswaardige persoon gelijk te stellen aan de tragische Lin Daiyu! Loyale onderdanen zullen dit terecht als opruiing aanmerken. Komt de Britse weigering om de koutou te verrichten nu niet in een ander, ongunstiger licht te staan? Houdt u nog vol dat u aan Macartney's schoffering van de Troon part noch deel heeft?

Uw vele vergrijpen ten spijt heeft het Hof wederom tot mildheid besloten. Voor het laatst krijgt u de gelegenheid zich van blaam te zuiveren, mits in gepaste trant – in harmonie met de Hemel, en met dien verstande dat u de schrijver Cao Xueqin zo min mogelijk noemt, evenals de barbaar Ti Qing. Het hof ziet ongaarne dat u steun zoekt bij hen die zich niet hebben onderscheiden door trouw aan de Troon.

Vrouwe Cao, in het Paviljoen van de Vergeten Concubines
Aan de Zoon des Hemels

Verzoek om uitstel

O Majesteit, het verdroot mij te vernemen dat het Hof misnoegd is. En thans wenst U dat ik in het laatste smeekschrift dat U mij toestaat – mijn laatste kans op eerherstel! – de namen vermijd van twee mensen, de schrijver en de gezant, die een voorname plaats in mijn herinnering bekleden... Daar Uw wens een gebod is gehoorzaam ik. Eenvoudig zal het echter niet zijn. Als volleerd dichter, o Hemelzoon, doet U een beroep op de nog onervaren romanschrijfster: ik dien mijn verzoek kenbaar te maken zonder namen te noemen, ik dien een blik in de toekomst te werpen zonder te verwijzen naar inzichten die wijzere mensen dan ik mij in het verleden aanreikten.

Hoe had het verhaal van Baoyu geschreven kunnen worden zonder gewag te maken van de meisjes Baochai en Daiyu? Bovendien doet zich in een smeekschrift geen mogelijkheid voor om, zoals in een werk dat aan de fantasie ontspruit, feit en verdichtsel tot een hogere eenheid aaneen te smeden, om ware gevoelens te verbeelden in levens ijler dan rook. In Zijn wijsheid werpt de Majesteit Zijn dienares volledig terug op zichzelf... Ik zweer bij de Troon dat ik mij naar vermogen van deze opdracht zal kwijten. Wel wens ik Uwe Majesteit nog een laatste verzoek voor te leggen...

Omdat ik U nimmer liet wachten, omdat U een beroep doet op mijn letterkundige virtuositeit én omdat spoed tot op heden op misnoegen stuitte, verzoek ik deemoedig om tien dagen uitstel.

Akte van Memorie 893.17
In naam van de Qianlong-keizer
Opperraadsheer Heshen
Aan Chun Xian
Oude Tweede Concubine van
wijlen de Yongzheng-keizer

Chun Xian, favoriete bijzit van de keizerlijke vader die te vroeg heenging, gegroet! Wij zijn ten zeerste met u begaan; wij vrezen voor uw gezondheid en welbevinden. Ja, het gehele Hof zendt thans gebeden ten Hemel om u tot voorspraak te zijn.

U zult beseffen waardoor die gebeden zijn ingegeven. Sinds enige tijd houdt zich in uw gelederen een intrigante op die het Hof bedelft onder vrijpostige smeekschriften; zelfs lijfstraffen brengen haar niet tot bedaren. Onlangs meende zij de groeiende stapel rekesten te moeten verzwaren met een verzoek om uitstel – even omstandig als het gemiddelde smeekschrift, al valt het in het niet bij het ellenlange proza waarop zij het Hof gewoonlijk trakteert.

Thans is het zover gekomen dat Wij, uw leeftijd en broze gestel indachtig, Ons beraden op haar overplaatsing naar een oord waartegen zelfs het Paviljoen van de Vergeten Concubines nog als een lusthof afsteekt. Wij vertrouwen er dan ook op dat u Vrouwe Cao vermanend en zo nodig bestraffend zult toespreken, opdat de rust in uw verblijven weerkere. Wij zullen er nog nauwlettender op toezien dat het u en de uwen aan niets ontbreekt, mits u zich naar behoren van deze opdracht kwijt. Zo niet, dan zal het Hof passende maatregelen nemen!

Vrouwe Chun Xian
Tweede Concubine van
wijlen de Yongzheng-keizer
Aan de Zoon des Hemels

Hongli! Ja keizertje, ik noem je bij de naam waarmee je
moeder je aansprak en het kindermeisje je berispte, wat
zij veel te weinig deed! Als laatstlevende van je vaders bijzitten heb ik het volste recht jou met je jongensnaam aan
te spreken. Temeer daar je het regeren aan derden overlaat en je plichten verzaakt; onlangs bereikte mij een dreigement van je vertrouweling, namens jou naar hij voorgaf, zoals hij ook voorgaf dat jij opdracht had verstrekt om
Baoqin af te ranselen. Dit gaat alle perken te buiten,
Hongli! Van 's mans missiven wens ik verschoond te blijven; en ik neem de gelegenheid te baat om mijn keizertje
eens duchtig de waarheid te zeggen. Die waarheid – moet
het nog worden benadrukt? – is verre van fraai.

Ja, je vader was een tiran. Jij daarentegen bent een praal-
hans geworden. Onder jouw teugelloosheid heeft het volk
meer te lijden dan het ooit geleden heeft onder het geweld
van je verwekker. Het is waar dat de Yongzheng-keizer
moorden pleegde en plegen liet. Maar als hij zelf niet
doodde, hadden zijn rivalen hem gedood; buiten dat krin-
getje van hele en halve prinsen had geen mens van die
represailles last – familie en bedienden daargelaten. Van
rivalen werd have en goed verbeurdverklaard, zeker, en
hun lot was treurig, maar je vader kon met de revenuen
uit die – inderdaad wederrechtelijk verkregen – goederen
armlastige onderdanen vrijwaren van de cijns waarmee
corrupte ambtenaren hun zakken plachten te spekken; in

zekere zin vloeiden goederen en gelden terug naar hun rechtmatige eigenaars. En boeren die door overstromingen waren getroffen en tot de bedelstaf vervielen, werden door de 'wreedste heerser die de Qing-dynastie ooit heeft gekend' belangeloos bijgestaan.

Onder jouw bewind is het andersom. Hoogwaardigheidsbekleders, hovelingen en prinsen slachten elkaar niet af; ze houden elkaar de hand boven het hoofd, ze spelen elkaar privileges en rijkdommen toe door heffingen op te strijken die jaar na jaar worden verzwaard, wat jou weer in de gelegenheid stelt met nominale ontheffingen de gunst van de bevolking te kopen! Zo wast de ene hand de andere. O Hongli! Je weet best wie de aanstichter is van dit kwaad: hij die jou in je lege leven laat wegrotten, hij die je ziel met opium benevelt en je smaak bederft door in de straten van Peking schandknapen te ronselen die met hun falsetstemmen het Keizerlijk Theater onteren.

Onlangs kwam Eerste Bijzit op visite, wat ze alleen doet als ze in nood verkeert. Dit keer was ze zo wanhopig dat ze de inwoonsters van dit paviljoen zei te benijden – en ze heeft groot gelijk. Wij kunnen onze levens, verborgen onder de stoflagen der vergetelheid, naar goeddunken inrichten; wie zal ons lastigvallen? Maar degenen die jou dienen, staan dag en nacht klaar om aan je geringste gril tegemoet te komen; een kwelling waarvan de ondraaglijkheid toeneemt naarmate je waardering voor hun charmes taant.

Ja, regeren is zwaar; ik heb je vader genoeg horen klagen. En al nader ik – zoals jij je hopelijk kunt heugen – mijn negentigste geboortedag, het verstand heeft mij niet verlaten. Ik weet wat zich in de paleizen afspeelt, Hongli, van elk voorval ben ik op de hoogte! Versta me niet verkeerd: alle denkbare en ondenkbare genoegens zijn je gegund. Maar nimmer mag de last van het regeren de vorst het voorwendsel bieden om zich aan lediggang over te geven en het opstellen van memoranda – brieven, zoals Heshen ze abusievelijk noemt – aan anderen over te laten. Dat je onder neerslachtigheid gebukt gaat, Hongli, verbaast mij allerminst. Jouw somberte is beraamd door het sujet dat zich uitgeeft voor je trouwste, ja, enige vriend! Ben je de wijze lessen van je keizerlijke vader en grootvader vergeten? Keizers hebben onderdanen. Ze hebben raadslieden. Geleerden, schilders, dichters, acteurs en koks. Eunuchen, dienaressen, hovelingen. Concubines. Schandknapen desnoods, om verdorde begeerten tot leven te wekken... Maar ze hebben geen vrienden, laat staan trouwe.

Vergeef mij, Hemelzoon, dat ik mij genoopt zag U als een kind te kapittelen, al zinkt de ernst van dit vergrijp bij Uw nalatigheden in het niet! Wellicht schrikt U van mijn ferme taal. Wat U moet weten, is dat dit paviljoen niet langer zucht onder naijver die sinds mensenheugenis wordt geboren uit wanhoop. Vijandelijkheden zijn geweken voor wederzijds hulpbetoon; oude vetes boezemen ons geen belang meer in; giftige gedachten zijn geluwd. In plaats van op divans weg te kwijnen vermaken wij ons met Go-concoursen, met liedjes en vertellingen uit onze jeugd; wij lachen om vroegere pekelzonden en wenen om verloren liefdes... Uw vertrouweling beklaagt mij om de 'intrigante' die onder mijn toezicht is gesteld. Zal ik U wat zeggen? Sinds de tolk Cao Baoqin hier haar intrek nam, bent U het die beklaagd moet worden! En sinds Uw 'vriend' in al Uw noden voorziet, bent U de eenzaamste mens onder de Hemel.

Onlangs kwam Heshen een kist met zilvergeld brengen. Wist U dat?

'Vrouwe Chun! Besteed deze honderdduizend taël aan het zestigste jubileum des keizers en overlaad Hem met geschenken.' Zo sprak hij mij aan: als een krijgsheer die zijn manschappen toeblaft.

Ik liet me niet imponeren. 'U bent een half jaar te vroeg! Pas komende winter is het zestig jaar geleden dat onze keizer aantrad.'

'Dan heeft u tijd om voorbereidingen te treffen.' Zelfs Heshens woorden klinken tegenwoordig zwaarlijvig.

'Zoveel tijd hebben wij niet nodig,' verstoutte ik mij op te merken. 'Geef dat geld maar terug aan hen wie het afhandig is gemaakt!'

Brutaal van je oude tante, hè jongen! Maar Heshens geste riekt naar boekhoudkundig gegoochel, dat zul je moeten beamen. Ik mag hopen dat de stank die mijn neusgaten trof inbeelding was. Toch kan ik de gedachte aan zwendel maar moeilijk van me afzetten. O Hongli, ik ken je door en door, ik weet nu al wat je denkt. *Het komt door haar.* Ook jij bijt je vast in de waan dat het de 'intrigante' is die ons tegen jou opzet. Je zou er niet rouwig om zijn als Cao Baoqin inderdaad van plan was je gezag uit te hollen, zoals Witte Lotus in de moerassen voorbij Dagu, of de triades in Fuzhou en Formosa: dan liet je Baoqin bij Keizerlijk Decreet onthoofden; een handelwijze die ik onder de huidige omstandigheden ten stelligste afraad. Vrouwe Cao geniet bekendheid in de sloppen en binnenplaatsen van Peking – en buiten de hoofdstad niet minder.

Goochelaars zingen haar lof, straatslijpers prijzen haar scherpte van geest. In de nieuwste opera's wordt zij als gerijpte schoonheid verheerlijkt – zij het niet onder de naam die ze bij haar geboorte ontving. Van mijn dienaressen verneem ik dat een drukkerij te Macao schatten verdient aan *Droom van de Rode Kamer*; langs onpeilbare wegen kreeg heel China er lucht van dat de 'intrigante' Cao Baoqin, door 's lands beul Heshen weggemoffeld in een sinister paviljoen, geen ander is dan hun geliefde Daiyu! Als jouw agenten – of Heshens handlangers – hadden opgelet, zou *Droom van de Rode Kamer* allang aan de vlammen zijn prijsgegeven, door jou of namens jou. Natuurlijk kun je hier alsnog toe besluiten; veel zal het niet uithalen. Muilkorf je onderdanen zoveel je wilt; hun gedachten zijn vrij en zwermen als trekvogels uit over het land.

Je bent beklagenswaardig geworden, Hongli – en ik kan het weten. Tot voor kort leefde ik in hetzelfde niemandsland als jij. Alles, maar dan ook alles heb ik aan 'intrigante' Baoqin te danken. Zij was het die mij – die óns – wakker schudde uit de sluimer welke ons kluisterde aan onze misère, jaar na jaar. Dat de zoldering van dit paviljoen thans glimpen hoop overkoepelt, is aan haar te danken en aan haar alleen. Geloof me, ik was geen haar beter dan jij, jongen! Veeleer slechter. Hart gedrenkt in azijn, maag vol kwade sappen, ziel gedompeld in wrok. Ik haatte het geluk, omdat het mij verlaten had; ik zocht verdoving in boze intriges en mijn verstand werd beneveld door de damp van de laster, die giftiger is dan opiumrook. Ik verafschuwde mijn lotgenotes omdat ik hún lotgenote was; ik haatte hun gekonkel in het besef dat ze mij om diezelfde reden haatten. Zo zaten we in onze spiegelbeeldige afkeer gekluisterd. Dagelijks schrokken we op bij de aanblik van onze smart, die wij dagelijks met nieuwe porties aanlengden.

Toen arriveerde Vrouwe Cao – Lin Daiyu!

Ze was ook de jongste niet meer... Mocht ze dit uit het oog zijn verloren, dan hielpen wij deze dame graag uit de droom. Fijntjes herinnerden wij haar eraan dat ze de hoop moest laten varen. Verlaten zou ze sterven; het gunstig vonnis waarop zij wachtte zou nimmer worden geveld: wie hier belandde werd gewist uit het Boek der Namen... En terwijl wij zo op haar inpraatten, veranderde onze toon; ons leedvermaak ketste af op haar fierheid, kaatste terug op onszelf; Daiyu's tranen weerspiegelden onze beklagenswaardigheid. In feite smeekten we haar om net zo verachtelijk te worden als wijzelf – haar stralend gemoed verdroegen wij niet. En omdat zij ons geen ogenblik haatte, werden wij door onze eigen haat verpletterd.

Het werd stil in dit paviljoen. Roddels verloren hun zin, achterklap miste zijn doel, onze giftong lag verlamd in onze mond. Terwijl de schaamte ons verteerde, rolde de intrigante een papier open en legde een gewichtje op alle vier de hoeken. Ze prepareerde de inktsteen en begon te schrijven. Aandachtig penseelde zij karakters in nette rijen onder elkaar. We versteenden. En terwijl de verstening het vriespunt bereikte, kreeg ik zin me te verheffen uit mijn zetel, op de nieuwelinge toe te lopen en haar met jichtige vingers te kelen, ten aanschouwen van alle afgedankte concubines die zich aan haar elegantie vergaapten.

Toen keek ze op. Ze vroeg iets – aan mij!

'Wilt u niet horen wat mijn misdaad is, Vrouwe?'

Haar blik ontwapende, haar vraag gaf me mijn waardigheid terug. Met eenvoudige woorden herstelde Cao Baoqin in een ommezien een orde waarin voor ontroering weer plaats was; het idee dat zij een misdaad had begaan, een misdaad kón begaan, en dat zij zichzelf die ingebeelde misdaad verweet, was hartverscheurend.

'Wij kennen u niet,' zei ik met dichtgeknepen keel. 'Maar wat wij van u zien, logenstraft de woorden die u uitspreekt.'

'Ik ga een roman schrijven!'

Haar woorden doorkliefden de schemerige zaal. Nietbegrijpend staarden we haar aan.

'De vrouw die met dit voornemen naar de pen grijpt, tart de goede zeden! Een vrouw dient poëzie te schrijven; proza is voor mannen.'

In die zestig jaar dat ik hier zit, Hongli, heeft deze zoldering nog nooit zo'n geschater weerkaatst, wij lachten ons de longen uit het lijf. Intussen staarde Cao Baoqin me aan als een vroegwijs kind. Ze had een waardig antwoord verwacht, zeker van mij. Terwijl ik nog nahikte van het lachen barstte ik in tranen uit, zo oud als ik was.

'Modes komen en gaan, Baoqin,' zei ik zodra ik me weer wat in bedwang had. 'Zelfs het Censoraat is eraan onderhevig. In mijn jonge jaren werd poëzie juist als misdadig beschouwd, mijn zuster kan ervan meepraten. Kón ervan meepraten: twee jaar geleden stierf ze.'

De intrigante sprak de hoop uit dat de dichteres een passende begrafenis had gekregen.

'Het was mij niet toegestaan die bij te wonen,' antwoordde ik naar waarheid. 'Ik weet niet eens hoe zij haar einde vond.'

Ik roer dit geenszins aan om grieven op te rakelen, Hongli; jouw wens was het niet mij bij die plechtigheid vandaan te houden. Het werd je ingefluisterd door Eerste Bijzit, wars als ze is van mijn schoonmoederlijke bemoeienissen; gelijk heeft ze. Als ik de kans kreeg, zou ik mij zeker met haar bemoeien! Haar aansporen om jouw lamlendigheid te breidelen, evenals Heshens willekeur, en zij zou me die aansporing niet in dank afnemen. Door Heshen in alles tegemoet te komen, kan ze ongestoord haar attenties onder haar aanbidders verdelen – aanbidders van haar juwelen vooral.

Ja Hongli, ik weet alles. Zelfs dat Eerste Bijzit jouw 'trouwe vriend' geld toestopt om jou van haar affaires onkundig te laten.

Majesteit! Dat ik Heshens taëls weigerde was niet uit bescheidenheid! Een keizer verdient beter dan geschenken die uit afpersing zijn verkregen. Het minste wat ik U toewens is een waardig einde. Aan Uw leven kan ik geen dag toevoegen, maar om Uw geestelijk verval te stuiten volgen hier vier wijsheden, die corresponderen met de seizoenen, de standen van de maan en de windstreken. U ontvangt ze uit het Paviljoen van de Vergeten Concubines ter ere van uw zestigste jubileum als heerser; ze zijn meer waard dan alle taëls ter wereld. Kortheidshalve giet ik ze in de vorm van decreten.

1. Aan het eind van Uw zestigste regeringsjaar doet U afstand van de troon, indachtig de gelofte aan Uw grootvader de Kangxi-keizer dat Hij de annalen in zal gaan als langst regerend vorst van deze dynastie;

2. U luistert Uw troonsafstand op door nazaten en verwanten van Cao Xueqin te herstellen in de waardigheden welke Uw vader deze clan ontnam; dit eerherstel wordt bekroond met een ongecensureerde, door het Hof bekostigde publicatie van *Droom van de Rode Kamer*, een juweel uit Uw regeerperiode waar-

van zelfs de raadselrijmen Uw poëzie overtreffen;

3. U spreekt 'Lin Daiyu' vrij. Niet uit goedgunstigheid, maar omdat zij onschuldig en rechtschapen is;

4. U richt ambassades in voor buitenlandse gezanten, teneinde het handelsverkeer met alle zeevarende naties te begunstigen en de vrije uitwisseling van ideeën, kunst en kennis te bevorderen door die van passende kanalen te voorzien.

Majesteit! Als Uw geluk en dat van China U ter harte gaan, aanvaard dan deze wijsheden als een kostbaar geschenk. Maar indien U volhardt in Uw dwalingen mag U mij ter dood laten brengen; dan ziet U in mijn schrijven slechts smaad.

Hongli, mijn jongen, je hebt de voorouders diep gekrenkt. Breek toch met je verderfelijke gewoonten! Alleen zo zul je hun gunst herwinnen – alsmede de toewijding van je geknechte volk.

Akte van memorie (ongenummerd)
De Qianlong-keizer
Aan Zijn vertrouweling Heshen

Heshen! Tien dagen zijn verstreken sinds Vrouwe Cao uitstel verzocht. Navraag leert dat zij zich aan die termijn heeft gehouden. Waarom onttrekt u haar smeekschrift aan het keizerlijk oog? Zulk eigenmachtig optreden is een Opperraadsheer onwaardig.

U dient zich naar de Zaal van Opperste Zuiverheid te spoeden met medeneming van haar schrijven. U zult het hardop voordragen, in het bijzijn van alle aanwezigen, zonder een woord te wijzigen of weg te laten.

Gehoorzaam dadelijk dit bevel, wat uw bezigheid ook is.

Vrouwe Cao
Tot de Zoon des Hemels
in antwoord op de 'keizerlijke
Brief' nr. 000.100111.011
onder zegel 197112

Majesteit! Dit laatste smeekschrift van mijn hand zal U bereiken via een bode van Oude Concubine Chun Xian, de favoriete van de vorige heerser. Als enige van Uw vaders bijzitten is zij nog in leven; ik beschouw haar als mijn meesteres. Vrouwe Chun is het die mij tot dit schrijven aanspoort, overtuigd als ze is van mijn onschuld.

Overigens zij het verre van mij om haar naam te misbruiken. Ik noem Chun Xian slechts omdat zij 'Brief nr. 000.100111.011 onder zegel 197112' heeft ontmaskerd als vals. Het keizerlijk zegel blijkt nagebootst. En de dader was onoplettend: in de Verboden Stad spreekt men nooit van een 'Brief', het moet 'Edict' of 'Akte van Memorie' zijn. Welnu, als in een 'Brief' wordt meegedeeld dat het Hof misnoegd is, kan dit misnoegen onmogelijk van Uwe Majesteit zelf afkomstig zijn... Gelukkig maar!

En verontrustend! Kwamen mijn eerdere pleidooien – behoudens de 'staatkundige mijmering' die mij werd ingegeven door de zijdeteelt – U dan nooit onder ogen?

Ik weet niet wat ik moet geloven.

De enige zekerheid die ik heb, is dat het schrijven waarin ik gewag maak van mijn omgang met de schrijver Cao Xueqin en de gezant Ti Qing gelezen is door degene die Uw zegel vervalste, en dat ik de wrevel heb gewekt van iemand (vermoedelijk dezelfde persoon) die zich bevoegd acht namens U te spreken, anders had hij meer moeite gedaan om het echte zegel in handen te krijgen of raffine- ment aan de dag te leggen bij het vervalsen. Kennelijk geniet die persoon Uwe Majesteits vertrouwen en daarom stel ik dit smeekschrift op in de trant die hij gebiedt; zo min mogelijk melding maken van Xueqin of Ti Qing, en U van mijn loyaliteit doordringen.

Terwijl ik word beticht van opruiing! 'En wat een hovaardij om uw nietswaardige persoon gelijk te stellen aan de tragische Lin Daiyu! Loyale onderdanen zullen dit terecht als opruiing aanmerken,' staat in de 'Brief' te lezen; deze slinkse aantijging zal – ook al spreekt Uwe Majesteit me vrij – mijn reputatie zoveel schade berokkenen, dat ik amper rekenen mag op de roem die ik mijn talent ben verschuldigd.

Waar mijn opruiend gedrag uit bestaat, blijft onder zegel 197112 onvermeld. Wel wordt, ten overvloede mag ik wel zeggen, wederom gewag gemaakt van Macartney's geweigerde koutou. Een simpele tolk – en een vrouw – zou zichzelf het verwijt moeten maken dat zij de onverlaat zijn plicht niet inprentte, dat zij heeft verzuimd hem te wijzen op de scheidslijn tussen zelfverachting en ontzag...

Onmogelijk!

En toch: had ik het onmogelijke maar gedaan!

Maar hoe kon ik bevroeden dat de Brit de meest elementaire regels der welvoeglijkheid – over stijl of gratie zwijg ik! – op zo'n flagrante wijze zou schenden? Tot de audiëntie een aanvang nam, liet Macartney niets merken. Hij veinsde lof voor onze gebruiken en gedroeg zich behoorlijk: de tijger ging als kameel vermomd. Mogelijk kunt U mij aanrekenen dat zijn sarcasme me ontging, maar waarom sarcasme veronderstellen bij een gezant die duizend mijl aflegt naar de Verboden Stad om een gunst af te smeken? Ik kon geen weet hebben van zijn voornemen om de Troon te schofferen; toch is mijn naam nu besmet.

Niettemin hoop ik op Uw lankmoedigheid, Majesteit. Daarin zult U niet onderdoen voor de Ming-keizer die Yuying gratie verleende.

U kent het verhaal van dit meisje, iedereen kent het. Toch moet ik haar wederwaardigheden naast de mijne leggen, zodat U mijn bede op waarde kunt schatten.

Ik herinner mij een zinsnede van Uw hand die achteraf dreigend aandoet: 'Mocht u ooit worden berecht...' Is de Majesteit dan niet voornemens uitspraak te doen? Ligt het in Zijn bedoeling mij, nu ik verbannen ben naar dit paviljoen, geheel te vergeten? Of berust mijn verblijf alhier op de tenuitvoerlegging van een vonnis waarvan ik onkundig ben gehouden?

Ik vraag verschoning, Hemelzoon! Even verloor ik uit het oog dat Uw rijk uitgestrekt en dichtbevolkt is; talloze zaken vergen Uw aandacht. Voortaan zal ik geduld betrachten, net als het meisje Yuying...

Haar moeder stierf jong. Om in dit gemis te voorzien, hertrouwde de vader met een weduwe die al moeder was en de kinderen uit zijn eerste huwelijk haatte, zozeer dat de vader stierf van verdriet. Meteen na de begrafenis werd Yuyings zus uit bedelen gestuurd. Haar broertje werd vergiftigd en het lijkje verminkt. Omdat de buren onraad roken, werd Yuyings leven gespaard. Maar hoelang nog?

Op een dag ging de stiefmoeder met haar eigen kroost op bezoek bij haar tweelingbroer. Yuying moest thuisblijven, en ze stond weerloos tegen de bedienden die haar negeerden om de nieuwe meesteres niet te mishagen. Yuying verloor de moed. Ze overpeinsde haar lot. Eenzaam zou ze leven en ze zou sterven als een vergeten vrouw. Toen zag ze een verlaten zwaluwnest en schreef een gedicht.

Yuyings jeugd vertoont parallellen met de mijne. Ook mijn ouders stierven jong en kort na elkaar, al ging in mijn geval de vader als eerste. Ik kwam in de kost bij een achternicht van mijn moeder, een vrouwspersoon die me behandelde als een hond, jaren achtereen; het ontbrak haar aan alle talenten die bij mij al op jeugdige leeftijd aan de dag traden. Tot mijn geluk besloot haar meester – ook verre familie, maar van de tak die ooit rijk was – zich over mij te ontfermen. Deze meester onderkende mijn talent en liet me op zijn kosten schoolgaan; hij nam mij in dienst en zond de stiefmoeder heen. En de meester was verliefd, al bracht hij het geduld op om tot mijn zestiende te wachten – nu, tot mijn vijftiende, en dat vond ik oud genoeg. Hij had mij immers gered uit de hel... Ik zou nog eerder zijn gezwicht als hij niet de leeftijd had bezeten van mijn gestorven vader.

Nachtenlang word ik bezocht door een droom. In die droom hebben mijn nieuwe meester en ik dezelfde leeftijd en heet hij Baoyu. We wonen te midden van bamboewouden, pioenrozen, maanpoortjes en sierpaviljoens; we wisselen tranen en gedichten uit. Dan zie ik mijzelf: ik sta onder een treurwilg, bij een vijver vol lome, naar lucht happende karpers, en 'Baoyu' staat naast me... Op een dag vertelde ik mijn meester van deze droom, waarop hij uitriep: 'Fantastisch, Baoqin! Net wat ik nodig heb voor mijn boek!'

Ik vraag verschoning, Majesteit. In een vlaag van geestdrift die zich amper met mijn jaren laat rijmen, zinspeel ik op de auteur van *Droom*, in weerwil van het verbod – al neem ik het naar de geest in acht: ik beroep me niet op zielsverwantschap en evenmin laat ik me voorstaan op mijn talent. Het is me te doen om de parallel met Yuying.

Poëzie! Dat hebben het meisje en ik gemeen.

Zij dichtte over een leeg zwaluwnest en daarna ging het mis: hetzij omdat het meisje zo brutaal was om een gedicht te schrijven, hetzij omdat de stiefmoeder uit haar verzen opmaakte dat er een minnaar in het spel moest zijn; in lagere zielen treedt hunkering wel vaker aan het licht als afgunst. De vrouw schakelde de tweelingbroer in en hij klaagde Yuying aan bij de Prefect... Heel sluw, want die Prefect stond bij de broer in het krijt en was maar al te graag ter wille.

Yuying werd afgevoerd naar het Keizerlijk Bureau. Daar zou ze ter dood worden gebracht, dat moest wel: niemand bekommerde zich om haar, het leek of ze nauwelijks meer bestond. Nog geen halve mijl hier vandaan zat ze vast, Majesteit: misschien wel in de kerker vanwaar U mij liet overplaatsen naar dit paviljoen.

In haar radeloosheid nam het meisje een besluit. Ineens wist ze dat ze niets had misdaan; en in een smeekschrift wendde zij zich tot de Hemelzoon – zoals ík mij thans tot U wend, Majesteit! Alleen had zij het geluk dat haar rekest onverwijld door de Jiajing-keizer zélf werd gelezen, niet door iemand uit zijn gevolg. Oude Concubine Chun Xian wist mij te vertellen dat Uw opvolger de vrijwel gelijkluidende titel Jiaqing zal dragen: is dit toeval of mag ik hier hoop aan ontlenen?

Yuyings verhaal biedt immers hoop: de keizer werd

door haar overtuigd, liet broer en stiefmoeder ter dood brengen en schonk haar de vrijheid.

Yuyings verhaal bewijst dat de keizer over zijn onderdanen waakt, al wordt hij door lagere ambtenaren gedwarsboomd.

Yuyings verhaal kan mijn verhaal worden, zo het U behaagt mijn falen – of het falen Uwer ambtenaren – ongedaan te maken. Hoe? Door mij toe te voegen aan de gezant wiens naam ik van de zegelvervalser evenmin noemen mag. Zelfs als U in mijn zaak geen reden tot vrijspraak ontwaart, Majesteit, zal het mij een eer zijn te bemiddelen tussen deze gezant en het Hof. Zoals de Majesteit weet spreek ik Nederlands, Engels en vloeiend Japans; ik beheers zowel het klassiek Mandarijn als alle dialecten tussen de hoofdstad en Shaoxing. Niemand doet mij dit na, al ben ik slechts Tolk Tweede Klasse... Sta de Hollander audiëntie toe, o Zoon des Hemels, ook indien U mij erbuiten wenst te houden. In Uw ogen mag de Vereenigde Oost-Indische Compagnie dan uit een bende bandieten bestaan, en het is waar dat de compagnie in het verleden hele koninkrijken en sultanaten ontwrichtte uit zucht naar gewin, maar inmiddels zijn er wijzere bestuurders aangetreden die net als U begrijpen dat blijvende voorspoed nooit op tijdelijke plundering kan berusten, die net als U begrijpen dat de toekomst gebouwd moet zijn op de rijkdom der volkeren – álle volkeren – en niet op de hebzucht van enkelingen. Voordeel is niets als het niet wederzijds is: dat is de hoeksteen van dit nieuwe denken. Een vroegere meester van mij voerde als lijfspreuk: 'Geld veracht ik, daar het mijn weetlust niet bevredigt.' Ook hij gelooft in vreedzaam handeldrijvende volkeren die niet enkel grondstoffen en goederen uitwisselen maar tevens vernuft, zedelijkheid en talent: dat is pas ware voorspoed... 'Zelfs China heeft niet het alleenvertoningsrecht op beschaving, zomin als wij dit hebben – wij danken aan China de zijde, het porselein en de thee, maar China dankt aan de Portugezen de maïs, de tabak en de zoete aardappel; allen hebben hier gelijkelijk baat bij.' Majesteit! Met iemand die zó denkt en spreekt valt toch veel beter te onderhandelen dan met die stijfkop van een Macartney?

Nóg een overweging pleit voor een Hollandse vestiging in Peking. Uwe Majesteit heeft vast vernomen van de onlusten die de wereld van de roodharige duivels hebben geteisterd. De koloniën ten westen van het Westen, Ameriguo genaamd, slaakten de ketenen met Brittannië; inwoners van Franguo hebben de koning afgezet en ter dood gebracht, bezield door nieuwe hoop en een nieuwe gezindheid; en velen die van deze gezindheid blijk gaven, stelden het Hemelse Rijk – dat toen al onder Uw heerschappij stond – ten voorbeeld aan corrupte lakeien en aan de jezuïeten die onder Uw vader uit ons midden werden verdreven.

Ik mag dan geletterd zijn, Majesteit; in staatszaken ben ik naïef. De reikwijdte van al deze beroeringen kan ik niet duiden. Weinigen kunnen het. Maar hij wiens naam ik niet mag noemen, kan het als geen ander. Wat is waardevoller dan kennis uit de eerste hand? Wat ik te bieden heb is talent voor talen, alsmede de vriendschapsband met het hoofd van de ambassade die, zo het de Verhevene behaagt, komende winter haar deuren opent in Peking, bij de Zuidoostpoort van de Verboden Stad. Maakt het uit of ik schuldig dan wel onschuldig ben als ik zweer naar vermogen te zullen bemiddelen? Naderhand laat U me naar dit paviljoen afvoeren, waar ik met een rein geweten mijn dood afwacht, al zou vrijspraak bewijzen dat de dynastie billijk is en het Hemels Mandaat tot in lengte van dagen behouden zal...

Deze rol biedt nog plaats aan vijf- of zeshonderd karakters. Ik laat ze ongeschreven, ik heb het keizerlijk geduld wel genoeg getart; niet de Majesteit maar ondergetekende is degene die geduld moet betrachten. In gepaste deemoed wacht Uw nietswaardige dienares Uw beschikkingen af.

Keizerlijk Decreet 22.471
betreffende Oude Concubine Chun Xian

Vernemende dat het dood gewaande
Mingloyalisme zijn wanstaltige kop opsteekt
in het Paviljoen van de Vergeten Concubines;

overwegende dat alle onderdanen,
ook zij die in het Grote Binnen verblijven,
de keizer gehoorzaamheid zijn verschuldigd;

en hangende het doodvonnis waarmee vergrijpen
tegen deze deugd plegen te worden bestraft,

beveelt het Hof Vrouwe Chun Xian,
Oude Tweede Concubine van wijlen de Yongzheng-keizer,
afstand te doen van haar vooraanstaande positie
in het Paviljoen voornoemd;

zich gereed te houden voor vertrek;

haar bezittingen, behoudens het hoognodige,
te verdelen onder haar lotgenotes;

en zich ter beschikking te houden van de autoriteiten,
in afwachting van haar gerechte straf.

II

MAAN BOVEN DESHIMA

出島上空的月亮

Vrouwe Cao
beter bekend als Lin Daiyu
Aan de Zoon des Hemels

Majesteit! Oude Tweede Concubine Chun Xian, de favoriete van Uw vader, heeft ons moeten verlaten; wij zijn in het wit gekleed en gaan gedompeld in rouw.

Vanochtend vroeg kwamen de gerechtsdienaars haar halen. Ze liet even op zich wachten: het kost tijd om reukwaters, lakdozen, japonnen en sieraden te verdelen onder de vergeten concubines, conform Uw bevelen, en waardig afscheid te nemen... Het zij verre van mij de Majesteit te bezwaren met onnutte details; toch wil ik Hem niet onkundig laten van de indruk die de hoogbejaarde Vrouwe op ons allen maakte, de dienaren der wet incluis. Allen waren wij er diep van doordrongen dat Chun Xian haar ongeluk tegemoet ging – een wisse dood. Moge de Hemel het verhoeden!

Mij gaf de oude dame haar schrijfgerei ten geschenke, en in plaats van afgunst te tonen begonnen de concubines te juichen. Terwijl Oude Concubine en ik elkaar omhelsden, sprak zij, hoorbaar voor allen: 'Daiyu! Je hebt mijn leven gered.'

Ik neeg het hoofd: het tegendeel is waar. Als men mij niet naar dit paviljoen had gebracht, zou Chun Xian er nu nog zijn. Haar hulde, vergezeld van zo'n kostbaar geschenk, was niet te harden... U zult dit zelf hebben ervaren, Majesteit, U weet waarvan ik spreek. Men zwaait U lof toe; maar in Uw gemoed zetelt een stem die U fluisterend maant om die lof te versmaden. Ik hoop het althans, want wat U Chun Xian aandoet – óns aandoet! –

door haar af te voeren naar een muffe cel – haar laatste verblijfplaats op aarde! – verdient geen enkele lof.

'Vrouwe!' Ik omvatte haar broze polsen, ontdaan van hun lieflijk rinkelende armbanden. 'U weet niet half...'

'Niet half: helemaal!' Mijn brein werd door verdriet beneveld. Ik wilde haar aanhalen, vasthouden, overstelpen met troost; in feite troostte ze míj. 'Ik handel bij mijn volle verstand, Daiyu. Voor je roman zal het ontoereikend zijn, maar de kern van je levenswerk komt op mijn papiervoorraad terecht; ik zal het met vreugde gedenken wanneer ik mijn beul tegemoet treed. En – luister goed, iedereen! – jij, Lin Daiyu, zult mij hier opvolgen!'

De oude dame sprak zo ferm dat je haast mededogen zou krijgen met hen die het vonnis moeten voltrekken. Het is een smadelijk vonnis, Majesteit! U moet het verhinderen. U kúnt het verhinderen. U houdt Uw onderdanen voor de gek door Chun Xian, de favoriete van Uw vader, als Mingloyaliste ter dood te laten brengen.

Majesteit! Als de Mantsjoerijse horden destijds Peking niet onder de voet hadden gelopen, zouden onze mannen niet zo'n bespottelijke vlecht op het achterhoofd dragen en had ik in alle rust romans kunnen schrijven... Daar! Vonnist U míj in haar plaats: als iemand van Mingloyalisme moet worden beticht, ben ik het!

U weet evengoed als ik dat dit Mingloyalisme louter symbolisch is. Vereerders van de vorige dynastie – een dweperij waar welbeschouwd weinig reden voor is – kunnen de huidige op generlei wijze bedreigen. Mij laat het koud of de keizer Han-Chinees of Mantsjoe is, zolang Hij maar rechtvaardig regeert.

Nooit had ik kunnen denken dat ik Uw billijkheid nog eens in twijfel zou trekken, zelfs niet toen U gedichten van mij in het vuur liet werpen; door de arrestatie van Chun Xian is dit toch gebeurd. Hoe kan ik waardig in haar voetsporen treden zolang mijn hart vervuld is van wrok? Ik zal Heshen, die U trouw is, verzoeken voor mij audiëntie aan te vragen; zo zult U mij van Uw rechtvaardigheid doordringen. En als U daarin slaagt, zal mijn loyaliteit verdubbelen, ja, verdrievoudigen!

En indien het Uwe Majesteit behaagt, zal ik, alleen voor U, tokkelrijmen en liefdesliederen ten gehore brengen, in de beste traditie van de befaamde Liu Rushi en alle courtisanes van Nanking, Fuzhou, Suzhou en Hangzhou, steden van voorbije glorie – zo sprankelend dat U van de weeromstuit zélf Mingloyalist wordt!

Keizerlijk Decreet 23.027
Het Hof inzake Vrouwe Cao

Heshen, Grootvizier van het Hemelse Rijk,
Opperraadsheer van de Qianlong-keizer, etc., etc.
beveelt Vrouwe Cao zich gereed te houden voor
een beraad onder vier ogen met Heshen voornoemd,
in de beslotenheid van zijn ambtswoning.

Cao Baoqin wordt het uitzonderlijke voorrecht verleend
hiervan verslag uit te brengen in de *Hofgazet van Peking.*
Oppercensor Qian Qianlin zal er nauwlettend op toezien
dat dit verslag volledig zal zijn en waarheidsgetrouw,
en dat het door geen onvertogen woord wordt ontsierd.

Gehoorzaam beiden deze bevelen!

Laatste dag van de
Wittedauwsweken
in het 59ste regeringsjaar
van de Qianlong-periode 乾隆年间

Heer Heshen
en het geweten
van de schrijver

door Lin Daiyu

Peking, de Verboden Stad – Mij, Tolk Tweede Klasse, viel de eer te beurt van een ontvangst bij de hoogste vertrouweling des keizers.

Heshen betoont zich een uitmuntend gastheer en een goed luisteraar, en hij legt liefde voor de letteren aan de dag. Na de begroeting – informeel, zij het met inachtneming van de verschillen in rang – vraagt hij bezorgd of mijn rug weer geheeld is, en wil hij weten of ik de ware versie ken van *Droom van de Rode Kamer*.

Lezer, ik sta versteld. Dat een man als Heshen, in beslag genomen door tienduizend beslommeringen, zich de moeite getroost om mij een vraag voor te leggen die me zo na aan het hart ligt!

Voorspoedige afloop
«Naar het schijnt,» vervolgt de vertrouweling des keizers, «laat Cao Xueqin in de ware versie Baoyu met Lin

DAIYU trouwen en komt alles goed.»

«Daar is mij niets van bekend,» antwoord ik. «Maar uit uw opmerking spreekt een ontwikkelde smaak. XUEQIN lag nachten te tobben over de ontknoping: u heeft de kwestie haarfijn aangevoeld.»

«Vrouwe! Een auteur van dat formaat draait zijn hand toch niet om voor een voorspoedige afloop! Wat stond het geluk in de weg?»

«Twijfel. Zijn schrijversgeweten.»

De Opperraadsheer barst in lachen uit. «Hebben schrijvers dan een geweten? U bent dichteres, Vrouwe: heeft u een geweten?»

«Zo u in mijn rijmelarijen talent hebt kunnen ontwaren,» mompel ik, overweldigd door het verholen compliment, «is het aan dit geweten te danken: het is mijn enige leidraad wanneer de penseel een weg zoekt over het papier.»

HESHEN memoreert dat het hoofd van de Hanlin-academie het geweten als een westerse uitvinding betitelt.

«Heer!» geef ik geschokt ten antwoord. «Mogelijk is het geweten uitheems; hoe kan een nietswaardige vrouw het laatste woord hebben inzake kwesties waar legers literati zich het hoofd over breken? Wat ik weet, is dat CAO XUEQIN rekening hield met zijn lezers. Velen van hen zouden ontsticht zijn geweest als XUEQINS alter ego BAOYU in de echt was getreden met LIN DAIYU en niet met de deugdzame BAOCHAI, het meisje dat de familie – zijn lieve grootmoeder incluis – voor hem had bestemd. Zeker, zijn zielsverwante DAIYU is ons dierbaar; maar toch vergeten wij nooit dat zij uit een verarmde tak van de familie stamt. Haar gestel is zwak, haar temperament is wankel, en haar gevoel is–»

«Stond u,» onderbreekt hij mij, «model voor Lin Daiyu?»

«Laat mij antwoorden in de geest van *Droom*, heer Heshen. Mijn naam is, zoals u weet, Cao Baoqin. Welnu, een van de gissere meisjes in het verhaal heet Xue Baoqin, wat hij naar eigen zeggen als compliment bedoelde. En wat Vrouwe Lin betreft: zij is minder robuust dan ik, en toch–»

Gevoelens uiten fout
Alle welwillendheid wijkt uit Heshens gelaat, hij verbleekt op slag. Ik heb zijn toorn gewekt om een mij onbekende reden; nu zal ik de gevolgen moeten verduren.

«U weet vast nog wel,» begint hij, minzaam ineens weer, «wie degenen waren die Xueqin bezochten en van goede raad voorzagen.»

«Heer, het waren er zovelen! En ik hield me afzijdig.»

«Waarom?»

«Omdat... Ziet u, Xueqin vertelde de gasten – ook naaste familie, ja, juist de familie! – dat Daiyu was getekend naar een jeugdliefde, ze mochten onder geen beding weten dat... nu, dat Daiyu–»

«Dat u de sponde met hem deelde... Baoqin! Vanwaar die geheimzinnigheid? Het komt zo vaak voor dat heren boven zekere leeftijd zich aan hupse huishoudsters vergrijpen. Zouden verwanten daar aanstoot aan nemen?» Hij vergast mij op een van zijn ijzige blikken en vervolgt: «Vrouwe! Vertelt u mij wel de gehele waarheid?»

«Valt die te vertellen? Mijn meester wilde het stilhouden; voor mij volstond dit. Schrijvers gedijen bij heimelijkheid, leek mij... Ach! Ik was jong en onervaren, heer Heshen, ik vroeg niet verder.»

«Het origineel van *Droom* – een opruiende tekst naar verluidt – onttrok hij aan ongewenste blikken. Ook aan uw blik?»

Ik weet niets van een origineel, laat staan van een opruiend origineel, lezer; ik betwijfel het bestaan ervan. Hoffelijk vroeg ik waarom hij zich iets gelegen liet liggen aan een – kennelijk geheimgehouden – origineel van dertig jaar geleden. Ik zag liever dat HESHEN het verleden met rust liet; zo pijnlijk werd het mij te moede dat ik niet wist wat te zeggen. De Opperraadsheer sprak evenmin en leek ook niet van zins een ander onderwerp aan te roeren. «Waarde HESHEN!» zei ik om de beklemming te verdrijven. «Ieder mens gaat onder geheimen gebukt. Als u een geheim had, zou het bij mij veilig zijn – al hoef ik maar één keer mijn mond voorbij te praten of iedereen weet van uw innige betrekkingen.»

Zijn blik vernauwde zich. «Op welke innige betrekkingen doelt u? Is dit soms een verholen dreigement?»

Ik bezwoer hem dat zulks niet het geval was.

«Geruchten zijn perfide, Vrouwe,» zei hij gebelgd. «Niet alleen perfide, ook onwaar! U bent vast wel op de hoogte van de schandelijkheden en de gevoelens welke men ooit toeschreef aan mijn betrekkingen met de keizer.»

«Niet de geruchten zijn geheim maar de gevoelens.»

«Wilt u beweren dat die gevoelens waar zijn?»

«Heer, ik haalde een gezegde aan, uw zielenroerselen zijn mij onbekend! Eeuwen geleden verzuchtte het dichtende boerenmeisje SHUANGQING:

Gevoelens uiten is in deze wereld fout
Weer wellen de met kracht bedwongen tranen
Mijn hand omklemt een dode bloem...»

86

China's machtigste man glimlachte, in gedachten verloren. «Ja,» sprak hij, «SHUANGQING... In de streek waar ik ben geboren, waren er veel van die meisjes: geslagen door hun echtgenoten, gehoond door hun schoonmoeders en verguisd door iedereen om een onbegrepen talent.»

«Zo ze al bestaan heeft,» hield ik hem voor, «en geen verdichtsel is van een of andere sentimentele poëet. Woont er in uw geboortestreek ook maar één boerenmeisje dat net zulke verzen schrijft als SHUANGQING?»

Oud verdriet

HESHEN staarde naar een punt buiten ruimte en tijd. Een verlatene; zijn geboortestreek lag buiten bereik, nergens vond hij sympathie – zelfs de stokslagen die hij me had toegediend, leken achteraf een toenadering. Kan iemand zoveel macht vergaren dat elke toenadering leed berokkent?

«Ik wil het origineel,» zei hij bruusk. «Ik zal u belonen.»

«Ik spoor het voor u op. Mits u een vrijgeleide geeft.»

«Aha! U erkent dat er een origineel is!»

«Van elk boek bestaat een origineel.»

«Dat afwijkt van GAO E's editie! Bij wie berust het?»

«Vermoedelijk bij CAO TIANYOU, de neef van de auteur. Ik weet er niets van; voor hetzelfde geld is het oorspronkelijke manuscript verloren gegaan. Neef TIANYOU is vermoedelijk dood, en er is de eed die ik mijn geliefde heb gezworen–»

«Uw geliefde?»

«Mijn geliefde,» sprak ik fier. «Schrijver CAO XUEQIN!»

«Maar die is al dertig jaar dood!» Hij staarde me aan alsof ik mijn verstand had verloren. «Hoe dan ook: als u het spoor kent, kunt u het tevens uitduiden.»

«Ik laat het manuscript bezorgen zodra ik het heb gevonden. Namen mag ik onder geen beding prijsgeven. Dat ik Tianyou heb genoemd grenst al aan verraad! Ik zwoer een eed, heer!»

«Ik kan u dwingen die eed te breken.»

«Alleen de keizer is daartoe gerechtigd!» antwoordde ik fel. «En van dit recht zal hij slechts gebruikmaken wanneer het Hemelse Rijk gevaar loopt.»

«Ja,» beaamde Heshen, «als er complotten tegen de Troon worden gesmeed... We begrijpen elkaar, Vrouwe.»

«Daarom werd de oude Chun Xian van Mingloyalisme beticht, om aan de brute bejegening van haar persoon een schijn van rechtmatigheid te verlenen!» Ik beefde van woede; angst en ontzag losten op als schaduwen voor de zon. «Dan eis ik nu een onderhoud met de Zoon des Hemels!»

Edelmoedig beloofde Heshen mijn wens voor te leggen aan de Troon. En zo, lezer, nam het onderhoud een einde.

Keizerlijk Decreet 23.389
De Qianlong-keizer
Aan Qian Qianlin, hoofd van het Keizerlijk Censoraat

Oppercensor Qian! Wij zijn ontsticht over de portrettering van Opperraadsheer Heshen die de kolommen van de *Hofgazet* ontsierde. Dat Heshen belachelijk wordt gemaakt is tot daar aan toe en wellicht tot op zekere hoogte verdiend. Maar wat Ons zeer mishaagt, is dat de auteur van genoemd artikel, Vrouwe Cao, zich noemende Lin Daiyu – hoe kon u die bijnaam dulden? – zinspeelt op clandestiene frivoliteiten tussen de raadsheer en de keizerlijke persoon die even onwaar zijn als onwaardig. In het verleden werden onverlaten die dergelijke roddels rondstrooiden zonder pardon opgehangen – terecht, want ze berusten op leugens. En zulke zaken horen niet in de *Hofgazet van Peking* thuis, zoals u heel wel weet. Ook u schijnt voor Cao Baoqins rijpe charmes te zijn bezweken, anders was u niet in de ban geraakt van de mystificatie dat zij het origineel zou zijn van Lin Daiyu in *Droom van de Rode Kamer* – een leugen die zij kwistig rondstrooit door die naam als pseudoniem te hanteren.

Vrouwe Cao is onoprecht; zij spreekt met twee tongen. Zij schildert de goede Heshen af als een ellendeling die tot eedbreuk dwingt, al prijst ze hem sluw. Dat u haar uitingen billijkt, bewijst dat uw loyaliteit te wensen overlaat en dat uw geest is aangetast door rebelse gedachten.

Het ambt wordt u ontnomen. U zult weerkeren naar uw thuisstad Nanking, om daar uw gerechte straf af te wachten.

Akte van Memorie
Qian Qianlin, voormalig Oppercensor
Aan de Drakentroon

Beseft Uwe Majesteit dat het artikel in de Hofgazet Hem alle middelen in handen speelde om Zijn gezag te herstellen en een einde te maken aan de alom heersende willekeur?

En al zou dat artikel laakbaar zijn, dan nog treft Lin Daiyu of mij geen enkele blaam: vooraleer Decreet 23.389 onze burelen bereikte, kregen wij bezoek. Heshen eiste inzage en gelastte met stemverheffing de tekst onverwijld af te drukken in een speciale editie van de *Hofgazet*, precies zoals hij was en zonder de minste correctie. Wel liet de Opperraadsheer ongenoegen blijken, en ik wist bijna zeker welke passage zijn toorn had gewekt: die waar Vrouwe Cao de schijn op zich laadt dat ze obscene geruchten oprakelt, geruchten die de Hemelzoon alsnog kunnen meesleuren in het soort schandaal waar opstandelingen en stokebranden al jaren op zitten te vlassen. En hoewel Cao Baoqin inging op een thema dat Heshen aanreikte, verkneukelt de raadsheer zich nu al over het tribunaal waartoe het artikel in zijn ogen aanleiding geeft, temeer omdat zo'n procedure hem in de gelegenheid stelt om zich van vijanden te ontdoen... Kortom, van misnoegen Uwerzijds, Majesteit, is Heshen en geen ander de oorzaak; kiesheidshalve had het Censoraat zekere passages wel bijgeslepen! Overigens steekt het geschreven portret zelfs zonder ingrijpen onzerzijds gunstig af naast het origineel, dat door de hele bevolking gehaat wordt.

Nu ik me voor het eerst in mijn loopbaan op die onverlaat moet beroepen, red ik mijn huid maar verlies ik mijn gezicht. Ontslaan kunt U mij echter niet. Ik heb zelf het censorschap neergelegd. Ik zal dit ambt, dat tevens een roeping is, missen; niet alleen vanwege de genoten privileges – waarvoor ik U bij dezen dankzeg. Nimmer heb ik mijn plicht verzaakt! Tenzij men lankmoedigheid jegens zekere keizerlijke uitwassen als zodanig aanmerkt...

Ik heb de hele nacht doorgewerkt om dit kantoor in gereedheid te brengen voor mijn beklagenswaardige opvolger.

Tevens heb ik, gevolg gevend aan een rekest van het Hof, uitsluitsel verkregen over die kwestie rond *Droom van de Rode Kamer*: de vraag of de editie van Gao E en Cheng Weiyuan een vervalsing is. 'Uitsluitsel' is een wat krasse term: de zaak ligt delicaat en kent meer facetten dan een vliegenoog. Laat ik om te beginnen de hoofdvraag in kleinere delen splitsen.

Kan er van vervalsing sprake zijn als er geen ware versie bestaat?

Kan een meesterwerk aan meer dan één brein ontspruiten?

Valt uit zorgvuldige tekstvergelijking op te maken welke variant het nog niet verwezenlijkte meesterwerk het dichtst benadert?

En dient men schetsen en probeersels mee te rekenen of niet?

Hoe men deze vragen ook beantwoordt, de feiten zijn als volgt. Bij zijn dood had Cao Xueqin *Droom* in ruwe vorm af; hij achtte de roman onvoldragen. Zou hem tijd van leven zijn gegund, dan had hij er nog een half jaar aan moeten schaven, indien wij mogen afgaan op de inlichtingen die mij door nabestaanden zijn verstrekt. In volmaakte gedaante zou het werk 120 hoofdstukken hebben geteld, net als nu; al zou de ontknoping van de huidige afwijken, aldus zegslieden. Geen van hen kon met zekerheid melden hóé de schrijver het anders wilde, maar uit hun getuigenissen mogen wij het volgende destilleren.

Baoyu zou in het beoogde boek niet aan de deugdzame Xue Baochai zijn gekoppeld, en evenmin aan de kwijnende Lin Daiyu. Ten tweede zou de finale minder lofzangen op de Qing-dynastie hebben bevat dan Gao E in zijn editie opnam. Toch verdenkt niemand Cao Xueqin van Ming-loyalisme; bij twijfel – vaak ten gevolge van geschillen met verwanten – hanteerde de auteur strikt letterkundige maatstaven, geen criteria van rechtschapenheid of staatkunde. Als Xueqin de dynastie minder uitbundig prees, zal dit ontsproten zijn uit afwegingen van stijl en proportie. Helaas zijn dit gissingen – gissingen die ons terugvoeren naar de hoofdvraag. Brachten Gao en Cheng een vervalsing uit of niet?

Ja, want de naam Cao Xueqin is op het titelblad nergens te vinden: een grof schandaal! Op zijn minst een kwalijke omissie.

Nee, niet per se: de vraag of men de uitgave als vervalsing dient op te vatten of als de best mogelijke benadering van een meesterwerk, hangt af van vragen die men niet kan afdoen met een simpel ja of nee. Benadert de – naar de vorm deugdelijke – completering van Gao E de ware roman meer of minder dan het onvolmaakt gebleven klad van de meester? En wat dienen wij onder de term 'ware roman' te verstaan: het boek of het visioen dat in de ziel van zijn schepper sluimert?

Waaraan moeten wij de voorkeur geven: aan juiste ant-

woorden of aan die ambiance van menselijkheid en verfijning waarin zulke vragen kunnen gedijen? Het enige
wat ik kan zeggen, Majesteit, is dat zo'n ambiance in het
huidige tijdsgewricht ontbreekt. En ik kan het tij niet
keren. Bij elk vraagteken dat ik hierboven penseelde, deed
ik in stilte afstand van een privilege; nu ik alles aan Uw
bezonken oordeel heb voorgelegd, ben ik weer ambteloos
onderdaan.

Rest mij de hoop uit te spreken dat de Hemel U genadig
zal zijn na alle wandaden die in Uw naam zijn gepleegd.
Mij zou het geenszins verbazen als de dynastie het Mandaat had verspeeld... Voor Uw voorspoed bidt Qian Qianlin, voormalig Oppercensor.

Keizerlijk Decreet 23.402
De Qianlong-keizer
Aan Vrouwe Cao

Morgenmiddag zal Cao Baoqin haar opwachting maken aan het Hof. Zij zal naar waarheid antwoorden op keizerlijke vragen in zoverre het de Hemelzoon behaagt deze te stellen, zonder dat zij voor haar leven hoeft te vrezen.

Rond het noenuur wordt zij per draagstoel opgehaald uit het Paviljoen van de Vergeten Concubines. Zij zal zich tijdig gereed maken voor vertrek en niet onnodig op zich laten wachten.

Cao Baoqin
Tolk Tweede Klasse
Aan de Qianlong-keizer

Majesteit! Een uur voor Uw dragers arriveerden stak ik in vol ornaat, nadat men sinds zonsopgang doende was mij te kappen, zozeer zag ik uit naar de gelegenheid die mij, een tolk slechts, werd geboden om voor het Keizerlijk Gelaat te verschijnen. Zelfs de vrieskou nam mijn opwinding niet weg; hoe had ik kunnen dromen dat de wens om op audiëntie te mogen komen zo spoedig in vervulling zou gaan?

Uwe Majesteit had voor het Zomerpaleis gekozen, buiten Peking; ik kon mijn geluk niet op. Het was een poos geleden dat ik de Verboden Stad verliet en – zij het in de beslotenheid van de draagstoel – de geuren opsnoof van specerijenwinkels, eethuizen en poeliers, en mij overgaf aan het geraas van de vele hoofdstedelijke markten.

De pagode die Uwe Majesteit liet oprichten voor de God van de Literatuur overtrof mijn toch al hooggestemde verwachtingen. In die belvédère zagen wij uit op een bevroren waterpartij, lieflijker dan elk lustoord dat ik ooit mocht aanschouwen; zelfs het Westmeer valt erbij in het niet. Graag had ik U met een voordracht willen verblijden om van mijn erkentelijkheid blijk te geven, maar de zaal was vol mensen die daar niet voor kwamen. In die wemeling van hofdames, eunuchen en ambtenaren viel Heshens afwezigheid dadelijk op, al stond ik er niet lang bij stil. Ik verrichtte de koutou, met meer haast dan gratie – ik begreep dat U amper tijd voor mij had; U was verwikkeld in een onderhoud met hoge ambtenaren... Aan een hunner deelde U hoorbaar mee dat de Oppercensor zijn ontslag had ingediend na plaatsing van een stuk in de *Hofgazet*, nadat hij voor de inhoud – een concubine op bezoek bij Heshen – berispt was. Dit schokte me dermate dat ik het hele protocol vergat, zodat ik de Majesteit griefde met de uitroep: 'De censor kan schrappen wat onwelgevallig is!' Het ging mijn verstand te boven dat mijn artikel de ambtenaar in moeilijkheden had gebracht, temeer daar ik Heshens woede-uitbarsting nog mild had beschreven.

Gebelgd – ik sprak voor mijn beurt en smeek alsnog vergiffenis! – zei Uwe Majesteit: 'Voor wat u uit de pen vloeit, Vrouwe, bent u zelf verantwoordelijk!' Waarna U tegen een ander zei: 'En dat noemt zich schrijfster!'

Zoals U weet antwoordde ik: 'Liever bleef ik de waarheid trouw!' – wat in feite een zwak argument is, o Zoon des Hemels, al meende ik het wel. En Uw krenkende uitlating schreef ik toe aan onbehagen waar ik part noch deel aan had, hetgeen dadelijk werd bevestigd toen U zei: 'Vrouwe, noopt trouw aan de waarheid u om tussen Heshen en Onze Keizerlijke Persoon een laakbare omgang te insinueren? Iedereen weet op welk geheim U zinspeelt!'

Gelukkig werd het spreken mij belet door een gongslag; wat ik in een opwelling had willen antwoorden, was hoogst onberaden, ik erken het grif en neem deze woorden in één adem terug: *Als iedereen het weet is het ook geen geheim meer.*

De jonge eunuch Weigong, die mij ooit een Keizerlijk Schrijven had overhandigd, diende de gezant der Nederlanden aan – Ti Qing! Vrijwel meteen passeerde hij mij op drie of vier armlengten afstand. Sinds Deshima leek hij amper ouder geworden... Ik verheugde mij, ik wist dat hij mij ook had gezien; wat een kwelling dat het protocol onder alle omstandigheden ingetogenheid voorschrijft! Hoe weldadig was de aanblik van Ti Qing zoals hij zich voor de Troon ter aarde wierp, soepel en met gratie, als had hij van zijn leven niet anders gedaan. Knielend nam hij de hoed af, en Uw gelaat lichtte op; dit zal voor het keizerlijk gemoed een verademing zijn geweest na die Britse vlerk!

Uit wat zich verder voordeed meen ik te mogen opmaken dat Ti Qing zijn – ongetwijfeld gematigde – wensen ingewilligd zag en zich in Uwer Majesteits genegenheid mocht verheugen. Nu en dan moest er iets worden opgehelderd of een vertaling worden geleverd; steeds was U zo goed mij erbij te halen. Ook hiervoor zeg ik Uwe Majesteit dank.

Ti Qings bedrevenheid in de taal laat zoals ik al vreesde te wensen over. Evenmin verstaat hij steeds wat anderen zeggen, iets wat zelfs hij met zijn scherp verstand maar moeilijk kan maskeren. Niet dat mijn Nederlands volmaakt mag heten, maar het is heel wat beter dan Ti Qings Mandarijn. En waar de taal ons in de steek laat, Majesteit, biedt de zielsverwantschap uitkomst... Ik wacht Uw bevelen af.

Isaac Titsingh
Aan Cao Baoqin
alias Lin Daiyu

Het liefste, Vrouwe Cao, was ik u om de hals gevallen zodra u zich voordeed aan mijn verraste blik. Maar in de keizerlijke nabijheid dient men het protocol te allen tijde in acht te nemen – de Riten, zoals men in uw land zegt.

Ook zonder de Riten zou ik zijn vervallen in zwijgen. Geen taal kan tot uitdrukking brengen hoe het mij te moede werd toen ik te midden van al dat marmer uw frêle en toch zo vrouwelijke gestalte ontwaarde.

Tot mijn schrik leek u ietwat onwel. Hopelijk zit ik ernaast. Ik zit er vaak naast, dat is een troost.

Vrouwe! U zult me vast uitlachen als ik u meedeel dat er sinds Deshima geen dag voorbijging – en geen nacht – of mijn gedachten verwijlden bij u...

Na lang zwoegen lukte het mij om de tachtig hoofdstukken van *Droom van de Rode Kamer* te lezen, al moest ik mij behelpen met een afschrift van dubieuze herkomst, beklad met terzijdes in rode inkt: uitroepen in de trant van 'Hier was ik bij!' of 'Helaas, dat paviljoen ging in vlammen op!' Welke lezer zou baat vinden bij zulke beuzelarijen?

Het lezen nam jaren in beslag. De eerlijkheid gebiedt te zeggen dat het ontbreken van slothoofdstukken me na dat gezwoeg verblijdde, al verdroot het mij wel, Baoqin, dat ik onkundig moest blijven van de ontknoping waarnaar ik jaren had uitgezien. Maar nu ik bij geruchte verneem dat de complete roman evenmin is wat de auteur voor ogen

98

stond, geloof ik toch dat de blijdschap het van de teleur-
stelling wint... 'Lezen' is trouwens het woord niet. Ik ontcijfer schrifttekens en tracht verbanden te leggen. Een
helse arbeid, die mij belet op te gaan in de galante levens
van Baoyu en zijn metgezellinnen in de Tuin van het
Grote Doorzicht – als dit tenminste de juiste vertaling is.
Nu, ik ben uw keizer erkentelijk voor het *Lexicon der
Tienduizend Woorden* dat hij mij ten geschenke gaf, en
voor het overige kent onze taal het gezegde 'Al doende
leert men'. Uiteindelijk heb ik afgelopen week toch de
editie van Gao E maar aangeschaft, de enige volledige uitgave die in Peking voorhanden bleek, zodat er een kleine
kans bestaat dat ik de ontknoping bereikt zal hebben
wanneer ik mijn laatste adem uitblaas.

Wat het 'lezen' vergemakkelijkt is dat u het origineel
van de heldin bent, zoals u me toevertrouwde; al zie ik de
gemoedsschommelingen van Lin Daiyu niet terug bij Cao
Baoqin... Ach, onze tijd in Deshima was wellicht te kort
om daar kennis van te hebben. Met het oog op de welvoeglijkheid – en de roddels van het personeel – namen
wij altijd een zekere afstand in acht, nietwaar? Ook in die
doorwaakte nachten dat we blaakten van levenslust en
geen van beiden de slaap konden vatten. Nu, wie weet
hielden wij door afstand te bewaren de eenzaamheid ook
op afstand...

Na Deshima – aan de verlofperiodes in Europa ga ik
voorbij – werd ik overgeplaatst naar Ceylon, en van Ceylon naar Batavia, onze hoofdstad in de Oost. Na me aldaar
verdienstelijk te hebben gemaakt, viel mij de eer te beurt
om te worden ontvangen aan het hof van uw keizer,
krachtens mijn benoeming tot ambassadeur in het Hemelse Rijk. Mooier kan de bekroning van een ambtelijke

loopbaan niet zijn, zeker in de ogen van de ambtenarij zelf; ik waande mij de gelukkigste man ter wereld... Tot ik u zag, in die belvedère gewijd aan de Literatuurgod. En ineens was die hele loopbaan – om met het personage Baoyu te spreken – onbeduidend als drek.

Mijn landgenoten vinden alle Chinezen op elkaar lijken. Hoe dom kun je zijn? Mijn oog onderscheidde u dadelijk tussen de dienaressen en de hofdames. Mijn hart ontwaarde u feilloos.

Vroeger vond ik Deshima eenzaam, wat geen verbazing mag wekken (al schaam ik me voor dit geklaag). Het eilandje heeft meer weg van een strafgevangenis dan van een handelspost, temeer daar wij het slechts mochten verlaten om de maandenlange hofreis naar de hoofdstad te aanvaarden. Maar nu ik ben aanbeland bij de bekroning van mijn loopbaan, lieve Baoqin, mis ik Deshima's beslotenheid. Ik mis de lange nachten en de heerlijke gesprekken met u. En als ik uit de vorige zin het middendeel wegsnijd, luidt deze: Ik mis u. Ik miste u toen de maîtresse uit Ceylon bij me introk; als man van eer kon ik niet anders. En ik miste u toen ik weer te Batavia verbleef, herenigd met mijn vrouw, die na een lang en slepend ziekbed kwam te overlijden. Niet dat ik haar mijn genegenheid onthield! En toch, te midden van beslommeringen rond het ambt, complicaties met de maîtresse en haar zoontje, alsmede het lijden van mijn lieve levensgezellin, zag ik u voor mijn geestesoog oplichten. Dan kwam het mij voor dat de vermoeienis van mij afgleed als een loden jas. Maar dat in uw verschijning liefde schuilging – een verlangen naar liefde zoals ik nooit heb gekend! – dorst ik mijzelve pas bekennen toen ik u na jaren weer tegenover mij zag, telkens als de keizer en ik uw talenkennis van node hadden.

Helaas! De uren die wij op Deshima doorbrachten zullen ons in Peking niet worden gegund – niet zonder allerwegen aanstoot te geven. Tenzij...

Tenzij u ja zegt tegen mijn diepste verlangen.

Vrouwe Cao, Lin Daiyu zo u wilt, meen niet dat ik mijn hoofd heb verloren! Geen van beiden zijn we nog jong. Onze levens liggen voor het grootste deel achter ons. Als ik juist ben ingelicht, slijt u uw dagen in een paviljoen waar het hof bijzitten en courtisanes opbergt om ze te vergeten. Ik was ontsteld toen ik het vernam, al verzekert men mij om strijd dat uw onderkomen zo slecht nog niet is en dat u met uw lotgenotes banden van genegenheid smeedde, wat ongetwijfeld geheel en al uw verdienste is. Maar u hoort daar niet. Voor mij zult u nooit een vergeten vrouw zijn. Voor mij was u het motief – de vreugdebron – toen ik naar deze post dong, al achtte empirie noch logica het erg waarschijnlijk dat ik u zou vinden in de menselijke termietenhoop die Peking heet, waar duizenden levens zich afspelen in binnenhoven en achter muren; zeker de levens van vrouwen... Ik heb, Baoqin, serieus overwogen u in de Hollandse ambassade een betrekking aan te bieden als eerste secretaris of hoofd van de huishouding – een post waarmee ik uw formidabel verstand niet te zeer zou beledigen, maar die u toch de tijd laat om te dichten, te kalligraferen, brieven te schrijven, te lezen of de opera te bezoeken... U bent wel in zwang geraakt, Vrouwe! In straatvoorstellingen figureert Lin Daiyu, en in alle theaters gonst haar naam.

Discreet polste ik China's grote man Heshen om aan de weet te komen in hoeverre het buitenlandse gezanten geoorloofd is om dames aan het keizerlijk hof een eervolle post daarbuiten aan te bieden – uiteraard zonder een naam te noemen of te zinspelen op uw omstandigheden. Ik weet niet hoeveel zilverlingen ik mij afhandig liet maken voordat er genoeg deuren opengingen om tot de Opperraadsheer door te dringen... De man leek ziek of levensmoe, het fijne weet ik er niet van, en toeschietelijk was hij allerminst. Weliswaar liet hij weten dat hij een gezant niets in de weg kon leggen, maar de opgetrokken wenkbrauw voorspelde weinig goeds, en de nadruk die hij op het woord 'gezant' legde verried dat de gevolgen voor u weleens minder gunstig konden uitvallen... Ik blijf erbij, mijn dierbare Baoqin, dat de zeden en gebruiken van het ene land niet beter of slechter zijn dan die van het andere, net zomin als de ene taal boven de andere staat. Niettemin koester ik weinig illusies; steeds minder als ik eerlijk ben. In dit land, dat zoveel schatten herbergt, zoveel elegantie en verfijning, zoveel exquise poëzie en hoogstaande kunst, met zo'n roemrijk verleden – in dit land is de vrijheid onbekend, net als tot voor kort in Europa. De envelop waarin dit schrijven u bereikt zal door beambten worden opgemerkt, zo niet geopend, onder wie lieden die alleen al bij het idee van briefverkeer tussen de ambassade en uw paviljoen minstens één wenkbrauw op zullen trekken.

Het zij zo! Hoe kan ik anders mijn hart voor u blootleggen?

Ik laat nu alle frases achterwege en zal, heel Europees en doortastend, zeggen waar het op staat. Ik zie ervan af u een betrekking aan te bieden! In plaats daarvan vraag ik uw hand...

Vrouwe, het is mijn innige wens en vurigst verlangen

om met u in de echt te treden, teneinde de jaren die ons nog gegund zijn te verlevendigen met elkaars gezelschap, waarbij wederzijdse hoogachting de hartstocht niet in de weg hoeft te staan...

Uw toegenegen
Isaac Titsingh

Baoqin, alias Lin Daiyu
Aan de geest van haar
geheime minnaar – en schepper

Cao Xueqin! Jij was mijn eerste minnaar, die uit louter liefde mijn evenbeeld schiep in de onvergetelijke Lin Daiyu, grilliger en ook veel aandoenlijker dan het origineel ooit zal zijn! Was ik het wel, of gaf je in die heldin slechts je dromen gestalte?

In mijn wanhoop richt ik me tot jou, die dertig jaar geleden je lichaam verliet. Maar het hart kent geen tijd, voor het hart is dertig jaar niets. Als ik ooit de liefde geproefd heb, was het met jou. Met jou, door jou en voor jou. Niemand mocht ervan weten.

Xueqin die zijn vrijgezellenleven door een vrouw laat verstoren: dat kan hij niet verdragen! Uit argwaan werd mijn wrok geboren, die ik nog steeds niet kan verklaren; destijds genoot ik van ons geheim. Het schonk veel vermaak dat je onze romance bleef verbergen en dat het je daar gedurende de weinige jaren die ons gegund waren in slaagde. Hoewel... Ik geloof toch dat de verwanten zo hun vermoedens hadden. Lievelingsneef Tianyou merkte dat je belangstelling voor hem taande, meer nog dan voorheen. Alle twistgesprekken over *Droom* waren voorwendsels om jou in de gaten te houden. Jou – en mij.

Terloops valt de opmerking dat Daiyu sprekend op meisje zo en zo van vroeger lijkt, maar dat – en Tianyous blik schampt 'per ongeluk' de mijne – dit schatje geen regel poëzie heeft voortgebracht. En jij, met een uitgestreken gezicht: 'Gelukkig niet, vrienden: ze gunt mij mijn poëtische vrijheid! Ben ik soms de klerk van jullie herinneringen?' Waarop Cao Tianyou alias 'Inktsteen van Rouge' terugkaatst: 'Als het herinneringen zíjn! Welke schone brengt jou het hoofd op hol, Xueqin?' Dan kom jij weer met een van je kwinkslagen; er wordt gelachen, zoals altijd blijft de conversatie binnen aangename perken, zonder te vervallen in het demasqué dat niettemin op de loer ligt. En ik maar thee schenken en het trillen van mijn hand tot bedaren brengen, en lekkernijen serveren die we amper kunnen betalen.

Ik ben blij als er een langere episode af is; even verstommen de commentaren, de vrouwen van de familie worden feestelijk onthaald. Zij geven wonderlijk genoeg nooit van afgunst blijk... Al ontmoet ik evenmin veel begrip. Zij hebben er geen erg in – kunnen zich niet voorstellen – dat ik word verteerd door iets wat voorbij liefde of lust ligt: een onlesbare dorst die mij stilaan vergiftigt. Pas na je ontijdige dood begon ik enigszins te begrijpen wat me dorstig maakte. Hoewel ik in de waan had verkeerd dat niemand dit geheim kende, wist jij het allang. Als ik daaraan denk, springen me de tranen in de ogen... Noch 'Rode Inktsteen', noch Gao E (was dat niet die hulponderwijzer in het schooltje aan huis, of haal ik er twee door elkaar?), noch overige bemoeiallen zullen hebben beseft hoezeer ze mijn ideaal aantastten met kleinzielig gevit op een werk waarvan de grandeur hun ontging...

Jij doorzag mijn eerzucht. Je moedigde me aan, daarin lijk je op de gezant Ti Qing; je zou me met meer geestdrift hebben aangemoedigd als ik zelf had geweten welke dorst mijn tong lam legde: een roman schrijven die zelfs *Droom* overtrof. De roman die diep in mij sluimerde en die ik moet baren – anders ga ik ten onder.

Uiteindelijk kwam dit verlangen tussen ons in te staan.

Ik begon in twijfel te trekken dat Daiyu ontsproten was aan je hartstocht voor mij; met de dag herkende ik mij minder in die kwijnende lelie. Mijn argwaan stond haaks op die van je verwanten: zij verdachten je ervan dat Daiyu de jonge 'huishoudster' was met wie je het heimelijk aanlegde. Maar de huishoudster zelf verdacht jou ervan dat je Daiyu had laten voortkomen uit nostalgie naar een jeugdliefde die, net als de heldin van het boek, jong stierf. Zo viel ik ten prooi aan mijn eigen mystificatie. En zo, ziek van jaloezie, ging ik van de weeromstuit gelijkenis vertonen met je heldin; ik geraakte in een kwellende en onontkoombare zielstoestand. Soms dacht ik dat je mijn afgunst aanwakkerde om een effect te sorteren. Ik begon Lin Daiyu en alles waar ze voor stond te haten, in het besef dat tegen een rivale te vechten valt, maar tegen een herinnering niet.

Aan je liefde heb ik nooit getwijfeld. Onze band was een regenboog boven de afgrond van leven en dood. Als ik aan iets ben gaan twijfelen, is het aan de Liefde zelf... 'Lin Daiyu' was het spook dat jou van je beminde restte, maar met een spook maak je geen regen en wind. Een Schone in een verhaal, merkte je na die eerste hoofdstukken bitter zwoegen, vermag de eenzaamheid niet te verdrijven, en met Tianyou, de hartsvriend uit je schooltijd, was het zo innig niet meer.

Maar het toeval schoot je te hulp. Een achterneef stierf en liet een weduwe met een dochtertje achter: mijn moeder, die van verdriet krankzinnig werd. Ze kon niet voor mij zorgen en sloeg naar verluidde de hand aan zichzelf. Zo kwam ik in de kost bij het monster dat jouw huishouden bestierde. Na verloop van tijd vond jij een voorwendsel om haar de laan uit te sturen, al lag het gevoelig:

ook zij was verre familie. Je gaf mij die betrekking en duldde dat je huishouden in het slop raakte, want daar bezat ik geen aanleg voor. Het deerde je niet. Je stelde mij gerust. Je wijdde me in. Je ontmaagde me, en leerde mij elk genot. En ik gaf jou de vreugde terug van je jeugd. De vreugde – maar ook je liefde? Jij was mijn eerste; ik had jou lief zoals jij je eerste lief liefhad, ik wilde jouw eerste worden, háár worden, om des te inniger, des te heviger te worden bemind. Zoals ik jou met Baoyu vereenzelvigde! En vergeleek, wat in jouw nadeel uitviel, al liet 'Rode Inktsteen', die meer gelijkenis met de held vertoonde dan jij, mij volkomen koud. Dat weet je toch, nietwaar Xue-qin? Heb ik jou ooit je tedere betrekkingen met Inktsteen verweten? Ik was juist geneigd die aan te moedigen, in de hoop dat Tianyous hongerig oog zich los zou maken van mij.

Wat doet het ertoe? Het enige wat mij nu nog dwarszit is het idee dat ik jou tekortdeed. Men zegt dat de geest van een overledene niet lijdt, maar of dit ook voor zielenpijn geldt? Misschien voel je geen pijn omdat je er na je dood één mee wordt. Of stierf je ziel tegelijk met je eerste lief en dronk jij je een weg naar het graf? Dan heb ik een levend lijk liefgehad, een schrijvend brein, een wandelende roes. En toch: dertig jaar later zie ik de schoonheid van onze geheime verbintenis, zoals die was en niet was. In mij kwam een voorbije tijd tot leven, toen het geluk om de hoek lag en courtisanes met hun gracieuze grappen en sprankelende conversaties toonaangevend waren, niet de dorre literati die jij te kijk zette in je portret van Baoyu's liefdeloze verwekker. In mij vond je de beschaving terug die ten onder ging toen de laatste Ming-keizer zich in wanhoop verhing en zijn troon werd gekaapt door de

Mantsjoes. In de roman die jou voor ogen stond (en waarvan je familie, neef Tianyou incluis, de publicatie heeft verijdeld) sterft Baoyu's tweelingziel niet aan een gebroken hart; Lin Daiyu raapt haar moed bijeen en doodt de 'lieve' grootmoeder Jia om dan uit de woonst van de clan te verdwijnen. Breekbaar als ze is, stelt Daiyu zich aan het hoofd van Witte Lotus, ze verenigt vrienden en verwanten en zelfs nazaten van Ming-keizers onder haar banier, met wie zij de Verboden Stad bezet. In naam der menselijkheid dwingt zij de keizer af te treden na een lange, bloedige strijd waarin de ene helft van de Jia's voor de Ming vecht en de andere voor de Qing... Zo had je boek moeten aflopen; je sprak er vaak over. En zo zóú je boek ook zijn afgelopen als de familie niet had dwarsgezeten. Als er ooit een Mingloyalist is geweest, Xueqin, ben jíj het wel.

Wat voorbij is komt nooit terug – dat wist je, als jongen van dertien had je meegemaakt hoe je hele familie in het ongeluk werd gestort door een keizerlijke gril. In sombere berusting liet je toe dat talentloze criticasters je meesterwerk op een haar na verwoestten. Wat heb ik je erom geminacht!

Maar soms gaat berusting gepaard met grandeur.

Ik geef deze regels prijs aan de vlammen. Ontcijfer ze in de rook die omhoogkringelt uit de stookplaats. Nu je kennis hebt genomen van mijn onwankelbare liefde voor jou, zul je als rook uit mijn leven verdwijnen.

Vergeef me, Xueqin, dat ik liefde hoop te vinden bij een vreemde...

Maar nooit zal ik mijn liefde voor jou aan een ander verspillen, net zomin als Witte Lotus of welke triade dan ook

China de verloren luister kan schenken waar jij in je onschuld van droomde.

Opperraadsheer Heshen
Aan Vrouwe Cao
en de gezant Ti Qing

Namens de Qianlong-keizer, die volgende maand aftreedt, gelast ik Vrouwe Cao, Keizerlijk Tolk Tweede Klasse, om in het huwelijk te treden met Ti Qing, gezant der Nederlanden te Peking en ambtenaar van de Vereenigde Oost-Indische Compagnie te Batavia.

Gehoorzaamt beiden terstond dit bevel!

Vrouwe Cao
Aan Opperraadsheer Heshen

Waarde Heshen! Ik ben te oud om op bevel in de echt te treden – als er voor zoiets al een geschikte leeftijd bestaat. En ik ken de gezant te goed om niet te weten dat u hem tot in het merg heeft gekrenkt toen u hem hetzelfde opdroeg, zelfs al zou een huwelijk stroken met zijn diepste wens.

De gezant is een vrij man. Weet u wat dat is, vrijheid?

In het Westen zijn gearrangeerde huwelijken in onbruik geraakt. Zelfs koningen, met uitzondering van de Russische tsaar wellicht, kunnen enkel jonge familieleden of slaven tot een huwelijk dwingen, onderdanen nooit.

Ik begrijp uw handelwijze niet, Heshen. De gezant zou zich naar onze zeden voegen voor zover hij ermee te maken kreeg; wij lieten hem zijn zeden zolang wij er geen hinder van ondervonden. U breekt met die regel. Waarom?

Westerse literati prijzen de orde en de verfijning van ons Hemelse Rijk; onze dwang minachten zij. Tot een huwelijk met Ti Qing kan uitsluitend in vrijheid worden besloten. Ik verzoek u derhalve beleefd ons een onderhoud toe te staan in de beslotenheid van Ti Qings ambtswoning; brieven worden immers, zoals uw interventie ten overvloede bewijst, gelezen door derden.

Isaac Titsingh
Aan Vrouwe Cao

Wij zullen wel móéten huwen, Lin Daiyu! Zo niet, dan wordt u ter dood gebracht.

Hedenochtend liet Heshen mij dit hoogstpersoonlijk weten, alvorens hals over kop te vertrekken voor een inspectiereis in het noordoosten. En ik betwijfel of ik bij machte ben uw dood te beletten – tenzij u mij uw jawoord schenkt.

O, wijs dit aanzoek toch niet af, lieve, tedere, trotse Baoqin. Alleen zó kan ik u redden! Uw lot vervult mij met vrees, telkens schrik ik op uit nachtmerries waarin u verschrikkelijk aan uw einde komt...

Vergeef mij het schrille, om niet te zeggen onredelijke in mijn toon. Tenzij u eraan afleest dat de toestand kritiek is!

Geheel de uwe,
Isaac Titsingh

Vrouwe Cao
alias Lin Daiyu
Aan Isaac Titsingh

Ik zou uw 'ultimatum' met minachtend zwijgen hebben beantwoord, Titsingh, ware ik niet doordrongen van uw oprechte bezorgdheid om mij. Maar u bent door de Opperraadsheer onjuist ingelicht, zo niet misleid.

Tot voor kort was Heshen Pekings machtigste man; thans is hij ten dode opgeschreven. U hoeft mij niet te redden. China's Opperbeul wacht het lot dat hij voor mij in gedachten had!

De met draken getooide draagstoel ontketende groot tumult: de keizer, de Verhevene, de Zoon des Hemels, op bezoek bij de vergeten concubines. Dit was in geen jaren vertoond, misschien zelfs nog nooit! Niemand kon het zich althans heugen, en Oude Tweede Bijzit Chun Xian was niet meer onder ons: zij had als enige de gemoederen tot bedaren kunnen brengen.

Ik wierp mij ter aarde; anderen volgen halfhartig mijn voorbeeld. Korzelig gebiedt de heerser van China ons om op te staan en hem in de ogen te blikken. 'Binnenkort bestijgt mijn opvolger de Troon,' zegt hij op vlakke toon, 'de keizer van de Jiaqing-periode. En op die dag wordt Heshen ter dood gebracht.'

Hij keert mij zijn ingevallen gelaat toe. Als Vrouwe Chuns opvolgster behoor ik nu een gelukwens uit te spreken, of te betreuren dat aan een regeerperiode vol voorspoed een eind komt. Maar ik kan geen woord uitbrengen, zozeer heeft Heshens vonnis mij verbijsterd.

'Zijn jullie niet verheugd?' vraagt de grijsaard die afstand gaat doen van de troon. In zijn verkreukeld gelaat lijkt alle vreugde gedoofd.

Als ik blijf zwijgen zal de keizerlijk toorn op mij neerdalen, ik moet antwoorden. 'Majesteit, aan de billijkheid van dit vonnis twijfelt geen mens. Maar bent U zélf verheugd?' Een ongehoorde vraag, maar die wrevel over onze koutous was er niet voor niets: de keizer snakt naar een weerwoord dat de eenzaamheid breekt, gelijk het kuikensnaveltje de eierschaal breekt die het diertje vasthoudt.

'Vrouwe Cao!' antwoordt hij, en zijn stem lijkt te zweven. 'Dank dat u zich bekommert om mijn welbevinden. In het geconfisqueerde bezit van de man die mij onder de opium bracht, zijn afschriften gevonden van decreten die ik niet ken, van edicten die nimmer door mij zijn uitgevaardigd. Dermate verwrongen was Heshens geest dat hij u opdroeg met een barbaar te huwen! Zou ik u, een toonbeeld van charme, tot zoiets schandelijks dwingen? Sterker nog, ik verbied het!'

Voor de keizer heb ik ontzag, voor de grijsaard niets dan minachting. 'Heshens macht is niet gebroken,' roep ik uit, 'zolang zijn willekeur voortduurt! Ik heb het Hof om een onderhoud met Titsingh verzocht, o Majesteit! Waarom is die gunst nooit verleend? Ik ben niet zomaar iemand. Ik ben de opvolgster van de Chun Xian, die door Uw beulen ter dood werd gebracht! Zeg mij, waarom werd Titsingh en mij dat onderhoud nooit toegestaan?'

Kreten van schrik; enkelen bezwijmen zelfs... Met uitdrukkingsloos gelaat schrijdt de heerser op me af; om zijn gestalte hangt een zoetige walm, die kwalijke reminiscenties oproept aan roezige nachten in Nanking – nachten die ik liever vergeten zou, maar die ik me niettemin voor de geest moet halen, wil ik de roman ooit voltooien...

De keizer legt een dorre hand op mijn pols; ik slik mijn angst weg, bedwing de neiging terug te deinzen.

'Vrouwe Chun leeft.'

Hij zegt het – hij heeft het wérkelijk gezegd! Ongelovig staar ik hem aan.

'Zij leeft,' herhaalt de keizer toonloos.

'Majesteit!' antwoord ik beduusd. 'Hoe is dat mogelijk?'

'Toen Heshen haar als een dievegge liet opbrengen, begreep ik – te laat – dat die parasiet het keizerlijk aanzien heeft uitgehold, zoals houtwormen kasten uithollen en maden een lijk. Met onfeilbare zekerheid wist ik wat me te doen stond, *Daiyu*. Ik zond Heshen op inspectiereis naar het noordoosten en liet beslag leggen op zijn landerijen en bezittingen, in de trant van mijn vader. Ik had het eerder moeten doen, de bewijzen van machtsmisbruik lagen voor het oprapen.'

'En Chun Xian?' vraag ik, zonder de vormen in acht te nemen.

'Zij is veilig.'

'Waar bevindt zij zich?'

'Dat kan ik niet zeggen. Maar gelooft u mij, ze is in veiligheid.'

Even valt er een last van mijn schouders, Titsingh. In de korte tijd dat ik het voorrecht van haar omgang genoot, is Chun Xian als een moeder voor mij geweest en kreeg ik haar lief... 'Majesteit,' stamel ik, 'Uw mildheid is grenzeloos! Wat een verheugend nieuws! En wat een kwelling om niet te mogen weten waar zij is.' Er vaart een siddering door mijn leden. 'Ze leeft toch nog?'

'Meer dan ooit!'

'Dus de aantijging van Mingloyalisme is vals gebleken!'

De keizer – gewezen keizer bijna – antwoordt niet. Hij glimlacht enkel en laat ons vervolgens beloven te zwijgen; aan die belofte acht ik mij thans gehouden, Isaac, waardoor ik u haar verblijfplaats evenmin melden kan. De heerser stuurt zijn gevolg alvast naar de draagstoel, en dan onthult hij, na dure eden onzerzijds, waar – en bij wie – Chun Xian zich ophoudt.

En voor ik van de verbijstering ben bekomen, verzoekt de keizer mij een wens te doen. Een wens!

Ik liet de gezichten van mijn lotgenotes op mij inwerken. Vrouwen wier onwettig kind in koelen bloede was vermoord; vrouwen die hoog in de keizerlijke gunst waren gestegen om daarna diep te vallen; stokoude kinderen die na een nacht waren afgeschreven of het voorrecht (als het dat is) van toegang tot het keizerlijk slaapvertrek nimmer hadden genoten. Gezichten die door de keizer vergeten waren of hem in zijn opiumdromen achtervolgden; en al die gezichten, jong, oud, mooi, lelijk, rond, hoekig, sympathiek, stuurs, stonden als lantaarns op mij gericht, hun opflakkerende hoop bescheen mij, het was wreed dat alleen ik een wens mocht doen.

Toen viel me iets in. En hoewel deze wens niet u betrof, Titsingh, was het de enige juiste.

'Majesteit,' zeg ik, 'zo het in Uw vermogen ligt dit ten uitvoer te leggen: schenk de bewoonsters van dit paviljoen de vrijheid om te gaan waar ze willen, in en buiten de Verboden Stad, zodat zij verwanten kunnen bezoeken en de voorouders eer bewijzen.'

'Ik sta het toe, Vrouwe. Omdat u het bent!'

Een zucht van verlichting waart door de gelederen. De keizer werpt een eigenaardige blik op mij. 'Vrouwe Cao! Het is dat Heshen mijn hart heeft verwoest, anders zou u voorzeker mijn begeerte wekken.'

'Uwe Majesteit bedoelt toch niet dat ik Heshen erkentelijk moet zijn!?' Ik geef in courtisanestijl partij; alle gezichten barsten in lachen uit – tot mijn lotgenotes een hand op hun mond leggen. Even vrees ook ik dat ik de scherts te ver dreef. Maar de despoot lijkt veeleer geamuseerd dan gebelgd. En de hele tijd is zijn blik gevestigd op mij.

'Is dat alles, *Vrouwe Lin*?'

'Majesteit, mijn overige wensen zijn van ondergeschikt belang; ze vallen onder deze en gaan de anderen niet aan.'

Hij begrijpt de wenk en neemt mij apart. Door de winterse tuin ga ik hem voor naar het vertrek dat vroeger aan Chun Xian toebehoorde, in volmaakte stilte; zelfs de zangvogels zwijgen.

'Ik mis haar,' zei ik plompverloren. 'Ik moet haar zien!'

De Qianlong-keizer antwoordde dat niet híj degene was aan wie belet moest worden gevraagd, maar het – niet nader te noemen – genootschap dat Tweede Oude Concubine Chun Xian onderdak bood.

Op het keizerlijk gelaat ontlook een glimlach. 'Zelfs ik,' zei de Hemelzoon, 'ben in aanleg Mingloyalist, al zou ik het vergeten zijn als u mij er niet aan herinnerd had: ik ben u dank verschuldigd.'

Hij raakte bevlogen, zijn dorre gelaatstrekken werden levendig; hij kwam te spreken over oude, grootse plannen om van het keizerrijk een oord te maken waar beschaving regel was en kunst de toon zette. Zo dong de ontgoochelde vorst naar mijn gunsten, Ti Qing, kruiperig bijna, ook door mij steeds met 'Vrouwe Lin' of 'Lin Daiyu' aan te spreken. Tegelijk mat hij zich een air aan als was hij de

God van de Literatuur zelve – terwijl hij complete oeuvres aan de vlammen had prijsgegeven omdat ze opruiend heetten te zijn; ook bloemlezingen met poëzie van mijn hand. En ik wist van de broddelrijmen waarmee hij kostbare zijdeschilderingen in de Verboden Stad had bedorven.

Hij hield op met betogen; toen drong wat hij zei tot me door. 'Ik ken werk van u, Vrouwe. U bent een bijzondere dichteres.'

Als dank voor die lof verrichtte ik met alle gratie waartoe ik in staat was de koutou. U met uw vrijheidslievende inborst zult dit vast verachtelijk vinden, Titsingh, maar er was mij veel aan gelegen om de keizer goedgeluimd te houden, al moest ik mij verlagen; stel dat hij in een vlaag van ergernis spijt kreeg en de concubines hun nieuwe voorrechten weer afnam! En na dit blijk van onderworpenheid schrok ik er evenmin voor terug mijn taal in honing te drenken, wat Europeanen obscener voorkomt dan het ontbloten van hun intieme delen: 'Ik verlang te horen waarop Uw gunstig oordeel berust, o Hemelzoon, en aarzelt U niet om mijn gebreken te kastijden. U bent immers een kenner!'

'Een kenner? Mij siert bescheidenheid, Vrouwe! Mijn oordeel stoelt slechts op één gedicht – en heeft slechts waarde in de mate dat uw gedicht waarde heeft. "Maan boven Deshima" heet het, en het gaat over "qing" – gevoel, of hartstocht.'

Als Hollander kunt u niet weten dat gebaren en woorden, blijken van nederigheid, bij ons zetstukken zijn in een onzichtbaar spel waaraan zelfs de keizer zich onderwerpt; een spel dat we door en door kennen maar onmogelijk kunnen spelen zodra het omschreven wordt.

Nu was ík aan zet. 'Bij mijn weten, Verhevene, zwijgt "Maan boven Deshima" over hartstocht.' Want ik moest hem dat onzalige denkbeeld uit het hoofd praten, al riskeerde ik de keizerlijke toorn. Begrijpt u dit, Titsingh, kunt u mijn redenen raden? Het Hof had ons willen dwingen in de echt te treden, om het vervolgens te verbieden! Maar een onderhoud werd u en mij al die tijd niet gegund. Straks geldt dit gedicht nog als belastend materiaal in een aanklacht wegens tedere gevoelens voor een barbaar! En daar schuilt ook wel een kern van waarheid in: ik vervaardigde 'Maan boven Deshima' toen ik mij nog dichteres waande – en droeg het aan u op. Niet in geschrifte gelukkig, anders had ik u danig gecompromitteerd.

> De maan in de baai
> Bijt in de staart van de kat
> Heel Deshima slaapt
>
> Dan rimpelt de maan
> De kat glipt weg en ik
> Heb het nakijken

'Uwe Majesteit citeert vlekkeloos!' sprak ik monter.

'Ik hoor er de stem in van een verlaten geliefde. Maan en kat zijn hier onmiskenbaar symbolen van hartstocht! De weerkaatsing van de maan, om precies te zijn. Wist u dat ik uw gedicht heb overgeschreven voordat de vlammen het verteerden?'

'Heb dank daarvoor, o Hemelzoon.'

'Dank? Het is een juweel. Zij het veel te buitenlands; ik kon het niet sparen. In twee dozijn woorden roeren zich invloeden van drie beschavingen! Dit getuigt van een wansmaak die uw verfijnde stijl bederft, Baoqin. Zeker, "qing" is een thema dat ook in onze poëzie opgeld doet – heeft gedaan, moet ik zeggen, in de nadagen van de gedoemde Ming-dynastie; "qing" welke aanzet tot daden die de Hemelse harmonie verstoren en ons uit onze slaap houden, zodat wij op de vreemdste uren aan de wandel gaan – u, een vrouw alleen! – en katten in maanlicht zien dolen. De "qing" stoot ons buiten maat en orde, denk maar aan het dichtende boerenmeisje Shuangqing. "Hartstocht uiten is in deze wereld fout..."'

'"Weer wellen de met kracht bedwongen tranen,"' viel ik in. '"Mijn hand omklemt een dode bloem..." Frappant dat U Shuangqing aanhaalt, Majesteit, daaruit spreekt kennerschap! Juist deze strofe ging me door het hoofd toen ik "Maan boven Deshima" schiep. Maar buitenlandse invloeden? Die zie ik niet.'

'Vrouwe,' zei de keizer met iets vileins in zijn stem, 'het behaagt Ons dat u zich verwaardigt het door Ons genoemde thema te beamen. Maar beweert u in ernst onbekend te zijn met het Japanse sneldicht waarvan u de vorm zo feilloos beheerst?'

'Een subliem genre!' haastte ik mij te zeggen. 'Al ben ik niet de eerste in China die het beoefent, vandaar dat het me even ontging. Blijkt hieruit niet ook de kracht van die vorm? Even openbaart zich een grondeloos mysterie.'

'Het sneldicht kent drie versregels,' foeterde de keizer. 'Geen zes. En de Japanse sneldichter duidt zichzelf nimmer aan met "ik"!'

'Majesteit, ik ben zo vrij van mening te verschillen! "Maan boven Deshima" is volgens kenners een *senryu*: een dubbel sneldicht, minder mystiek of verheven van strekking.'

'Hoe belangwekkend!' riep de keizer uit, die zich ook graag liet gelden als kenner. 'Vertelt u eens iets over het ontstaan van dit gedicht, Vrouwe. Voer mij mee naar die nacht in Deshima, de maan waaronder u slapeloos ronddoolde.'

'Ach Hemelzoon, het is alweer zo'n tijd geleden.'

De keizer blikte me goedmoedig aan... De trant waarin ik dit tafereel schets, Titsingh, roept bij u vast reminiscenties op aan poëzieliefhebbers die elkaar vriendelijk gezind zijn en aangenaam onderhouden... Als het niet zo grappig was, werd ik nog gek van uw goedgelovigheid! Hoe kan zo'n onderhoud ooit vredig zijn? De keizer beschikt over leven en dood: goedmoedigheid dient als dekmantel en wijst er slechts op dat die Hanlin-geleerden, archivarissen en hoeders van de keizerlijke bibliotheek te dor zijn om de Qianlong-keizer partij te geven bij de opvlucht zijner gedachten. Ja, onder de knoet van Heshen is het hofleven er danig op achteruitgegaan. Al tijden is de keizer van geestverwanten verstoken, zozeer dat hij speldenprikjes voor lief neemt – zonder dat de dreiging evenwel wijkt. Door mij in een wolk van vertrouwelijkheid te hullen hoopt hij me milder te stemmen, te verleiden tot het idee dat hij en ik geestverwant zijn; wellicht hoopt hij mij zo bekentenissen te ontlokken.

'Wat hield u destijds uit uw slaap?'

'Op Deshima besefte ik mijn sterfelijkheid, Majesteit.'

Dit was op zijn best een gestileerde waarheid. Met wat ik nu ga zeggen, doe ik u wellicht pijn, waarde Isaac; het is niet anders. Op Deshima besefte ik dat ik kinderloos zou blijven, iets waarover ik me tevoren nooit druk had gemaakt. En tijdens dit onderhoud met de keizer overvalt het me opnieuw, hoewel ik de leeftijd voorbij ben. IJl als een paardenbloempluisje ben ik; stormen blazen me een oneindige zee op, onopgemerkt en gewichtloos. Mijn bestaan is uitgemond in gemis – gemis en wroeging en spijt. Van jongs af aan miste ik een moeder; later zou ik mijn gestorven leermeester Cao Xueqin missen; de clientèle uit mijn courtisanetijd in Nanking, kleurrijk en voornaam; zelfs miste ik de ongeletterde landgenoten van de Chinese handelspost, nog geen mijl verderop. Ik miste een kind en ik miste het missen van een kind.

Ik ruk me los uit de begoocheling. Ik behoor blij te zijn, Chun Xian leeft nog! 'Deshima,' vervolg ik, en ten overstaan van de keizer kies ik mijn woorden met zorg, 'is een wonderlijk oord. Je kunt nergens heen, het hek zit dag en nacht dicht. Het is klein: er gaan wel tien Deshima's in één Verboden Stad, zo geen twintig, wie weet vijftig. Vergeleken bij het keizerrijk is Deshima minuscuul als een prent. Ja Majesteit, dat lijkt me een treffend beeld: je waant je opgesloten in een inkttekening. Er is niets buiten vandaag, gisteren, eergisteren en de dagen ervoor. De toekomst staart je monochroom aan, al heb je het met je meester nog zo getroffen...'

De keizer luistert aandachtig; ik heb hem in de ban.

''s Nachts lig je te woelen en te draaien in een leeg ledikant. Je staat op, hult je in een luchtig gewaad zonder voering. Het is zo'n hoogzomerse nanacht, broeierig en klam; er staat geen zuchtje wind. Je wandelt over de kade – waar anders? – en hoopt vurig dat je geen beschonken Hollanders tegen het lijf zult lopen: de alcohol maakt ze handtastelijk. Maar na middernacht gaat niemand over straat. In spiegelglad water wordt de maan als een zilveren lantaarn weerkaatst; in zijn stralen zie je op het afdakje van een loods zowaar een kat. Hé, een siamees, denk je: niet van het eiland. Zelfs díe dingen weet je op den duur... De aanblik maakt je dronken van verrukking. Hoe die schoonheid vast te houden, te bewaren voor altijd! Even is er dat zuchtje wind. De maan wordt verbrijzeld door een rilling in nachtelijk water; de kat glipt weg, zoals katten plegen te doen. Deshima slaapt. De dichteres is alleen. Zelfs de herinnering aan die opflakkerende schoonheid kan zij niet bewaren, of het moest in een gedicht zijn, ijl als de dromen die de slapeloosheid haar ontzegt.'

Wat ik voor de keizer verzwijg, Isaac, is dat ik dit niemendalletje in elkaar heb geflanst om mij te oefenen in korte versvormen; het heeft minder om het lijf dan ik om het lijf had toen ik over de nachtelijke kade dwaalde, en ik kan er niet over uit dat deze nietige pennenvrucht de Verboden Stad bereikte. Jij hebt daar toch niet de hand in, mag ik hopen? In de Verboden Stad, om ten prooi te vallen aan de vlammen van een boekverbranding! Een simpele senryu!

'Maan en kat zijn erotische symbolen,' zegt de keizer koppig, 'en dit billijken wij. Maar dat de maan in die staart bijt is grof. On-Chinees ook. Typisch iets voor talen met klanktekens, waarin de losgeslagen logica het zuivere beeld vertroebelt. En daarmee zijn we de derde invloed op het spoor, nietwaar? Het spoor dat naar de roodharige duivels leidt. Wist jij, Baoqin, dat Ming-keizers die de oren naar de jezuïeten lieten hangen, hebben overwogen onze karakters door hun schrift te vervangen?'

'Daar is Uw dienares niets van bekend, o Zoon des Hemels. Ik borduurde voort op de verzen van Shuangqing; haar klacht dat "qing" zelfs onder de Qing-dynastie niet mag worden geuit.'

Het keizerlijk gelaat bewolkt op slag, aldus het bewijs

leverend van de grilligheid die naar uw oordeel tirannen kenmerkt.

'Als u in die scherpslijperijen volhardt,' spreekt de keizer effen, 'moet u niet staan te kijken als u op een dag wordt opgebracht wegens Mingloyalisme!'

Zonder afscheid te nemen, zonder iemand een blik waardig te hebben gekeurd, bestijgt de keizer de met gouden draken beschilderde draagstoel die in de hal gereedstaat. Zo nam het 'genoeglijke onderhoud' een einde, Isaac. Ja, lach er maar om! Mij is het lachen vergaan. Ik heb het voor ons allen bedorven – de acrobaat die zich tot driestheid laat verleiden op het koord en in de diepte stort.

Het liefst had ik die afgeleefde paddenkop een klap verkocht, midden op zijn gezicht! Het liefst zou ik een niemendalletje dat aan drie invloeden blootstond niet met de dood bekopen! En het allerliefst had ik nooit met de keizer gesproken: nu lopen wij allen gevaar. Vrijheid is, lijkt mij, leven zonder angst. Vrijheid houdt in dat een vrouw, Sebinousa indachtig, mag worden wie zij waarlijk is! Jij hebt geen idee van dit land, Isaac. Je kunt mij niet redden, zet het uit je hoofd! Al is Heshens macht gebroken, zijn willekeur blijft: keizers zullen nimmer dulden dat onderdanen met barbaren trouwen. Dat deze onderdaan naar vrijheid haakt, beseft hij niet eens; met geen woord heeft deze 'dichter' van haar wens gerept een roman te voltooien, terwijl hij het weet!

Jou zullen de toespelingen zijn ontgaan. De genoeglijke conversatie ging niet over poëzie, maar over jou. Hij haat je, Isaac. Alles wat van ver komt haat hij, ofschoon hij zich als jongmens schijnt te hebben vermaakt met buitenlandse klokken en waterwerken... Je ambassade is geen lang leven beschoren, vrees ik.

Hoe krijg ik deze brief bij jou? Toch maar niet versturen?
Dan bereik ik je nooit...

Chun Xians bode zou uitkomst hebben gebracht. Maar
die heeft zich sinds haar meesteres moest vertrekken niet
meer laten zien. En ook zíj zal onder verdenking staan –
als ze al niet met haar meesteres is meegereisd.... Die
eunuch, de eunuch Weigong! Nee, onzin, hoe kom ik
erbij, die hoort bij de vaste entourage van de keizer...!

Bang, zei ik dat ik bang was? Ten einde raad!

III

WITTE LOTUS

白蓮教

Keizerlijk Decreet 29.119
De Qianlong-keizer aan Vrouwe Cao
Meesteres van de Vergeten Concubines
inzake Heshens vonnis
en de Nederlandse ambassade

Wij, wettig keizer in de laatste maand van de regerings-periode Qianlong, hechten thans definitief Onze naam en goedkeuring aan de tenuitvoerlegging van het vonnis, gewezen aan voormalig Opperraadsheer Heshen. Deze is schuldig bevonden aan corruptie, afpersing, knevelarij en vervalsing van Edicten in Onze naam. Zo talrijk zijn Heshens wandaden, dat hij het voorrecht verspeeld heeft om zich van het leven te mogen beroven; als de minne bandiet die hij is, zal men hem – met het schandblok om de hals – naar het Plein van de Hemelse Vrede leiden, alwaar hij zal worden onthoofd.

De vergeten concubines zullen, zoals hun werd aange-zegd, van deze terechtstelling getuige zijn; te vaak waren zij doelwit van 's mans minne getreiter. Na nieuwemaan-nacht in de tweede wintermaand zullen zij een uur voor zonsopgang gereedstaan om herwaarts te worden ge-bracht.

Tot Ons leedwezen hebben Wij jammerlijk gefaald; het ware beter geweest indien Wij deze booswicht strenger en eerder ingetoomd hadden. Wederom beseffen Wij dat niet Ons doch wijlen de Kangxi-keizer de eer toevalt om als standvastigste en langstzittende keizer van Onze dynas-tie de annalen in te gaan. Deze gelofte indachtig zullen Wij op de dag van Heshens berechting afstand doen van de Troon en de keizer van de Jiaqing-periode inaugureren.

Teneinde de opvolger niet nodeloos met het verleden te belasten, staan Wij hem voorts toe om de Hollandse ambassade te sluiten en de gezant onder dankzegging voor bewezen diensten heen te zenden.

En zolang het Hemels Mandaat van kracht is, zal deze opvolger alle eer worden bewezen die Hem rechtens toekomt en zal de aftredende heerser, na het vele dat Hij voor Zijn onderdanen tot stand bracht, een rustige oude dag zijn gegund in de beslotenheid van het Grote Binnen.

Gehoorzaamt allen deze bevelen!

Chun Xian
Tweede Concubine van wijlen de Yongzheng-keizer
alias Gele Lotus
Aan haar opvolgster Baoqin
alias Lin Daiyu

Cao Baoqin! Deze brief bereikt je – als alles goed gaat – na een lange keten van omkoperij; velen zullen gevaar lopen. Lees hem aandachtig. Prent de inhoud in je hoofd en werp hem daarna onverwijld in de vuurton.

Wanneer je deze regels onder ogen krijgt, zullen er nog acht of negen dagen verstrijken voor Heshen zijn gerechte straf ondergaat. Ik, die een leven achter muren doorbracht, begrijp niet dat openbare executies vermaak bieden; niettemin vind ik dat Heshen eerder had moeten worden berecht.

Als hij berecht wordt...

Ik ken de keizer, Baoqin. Hij zal treuzelen, rekken, uitstel bedingen; het bange vooruitzicht van Heshens dood maakt zijn hersenen week als gelei. Temeer daar Hongli – onder deze naam kende ik de heerser als jongetje – die dag afstand zal doen van de Drakentroon. Officieel tenminste – want al treedt er een opvolger aan, achter de schermen blijft hij regeren. Wat moet hij anders, wegkwijnen als een seniele grijsaard? Maar regeren vergt een zekere scherpte van geest, de keizer moet aan alles denken: hoe zal hem dit lukken zonder zijn steun en toeverlaat? De opiumeter aanbidt de hand die bedwelming schenkt; Hongli aanbidt de man die elk ongerief wegneemt en het hem aan niets laat ontbreken, zelfs niet aan het genot dat de natuur voor de vrouw heeft bestemd: om bezeten te worden door een andere man – de man die hij nu laat onthoofden. Zet hij het vonnis door, dan doodt hij al wat hem dierbaar is; versaagt hij, dan verspeelt hij de gunst van het volk... Hongli weet dat het er zo voorstaat, daar is hij, ondanks de versuffing waaraan hij onderhevig is, schrander genoeg voor. Maar zal hij ernaar handelen?

Versta mij niet verkeerd, lieve Daiyu. Voor ons, krijgs-heldinnen van Witte Lotus, is Heshens berechting een ramp. Nu we van de ploert verlost raken, kunnen we het oproer wel vergeten; de hoeders van kaoliang, rijst en bonen zullen hun keizer dankbaar zijn dat hij aan de wil-lekeur en afpersing een eind maakte. Voor hen telt dat Heshens terreur voorbij is; verder kijken ze niet. Ons zul-len ze hun steun onthouden, uit vrees voor represailles; dit is al aan de gang. Ons kampement in de Dagu-moe-rassen moet opbreken, de boeren in de buurt zijn ons beu. En als we worden opgepakt, zal het Hof geen genade ken-nen, ook voor mij niet, al heb ik me met Hongli's mede-weten bij het genootschap gevoegd. Dat maakt het juist erger...

Mijn laatste onderhoud met de heerser zal altijd een pijnlijke herinnering blijven. Ik heb hem, maanden gele-den alweer, gekapitteld in een streng schrijven. De keizer bedwong zijn neiging om mij te laten onthoofden, al drong Heshen erop aan; in plaats daarvan ontving de kei-zer mij in zijn particuliere vertrekken, waar hij opgroeide als kind en ik mij over het jongetje Hongli ontfermde. De keizer gedroeg zich bijna deemoedig; ik was de enige die in lang vervlogen tijden echt naar hem omkeek, echt om hem gaf. Hij erkende zijn gebreken, hij liet mij zelfs de keuze om te kiezen tegen hem, hoewel ik hem van kind af aan ken; spreekt daaruit niet een zekere grandeur? Beiden weenden we toen ik me met pijn in het hart uitsprak voor Witte Lotus. Ik zei tegen mezelf dat het wrak op de troon mijn jongetje niet was, het levendige kind over wie ik ooit waakte... Maar in gedachten noem ik hem nog altijd Hongli.

Nu het volk zich als één man achter zijn keizer schaart, roken de baniermannen ons met hernieuwde ijver uit en zijn we zelfs in de moerassen ons leven niet zeker. De vrienden van gisteren zijn de verklikkers van vandaag. Van tweeën een: of Hongli stuurt de baniermannen speciaal achter mij aan – waren die tranen gespeeld? – of ik dien als lokvogel om Witte Lotus te verpletteren. Voorzag hij dit, en weende hij daarom?

Hongli heeft al zijn dromen verraden. Wij vluchten naar Macao: daar is het veilig toeven. Jaren oponthoud, jaren vertraging – maar onze dromen verraden wij nooit!

Ik zal het niet meer meemaken, Baoqin, maar jij wel: je bent nog in de kracht van je leven. De Ming-dynastie zal in oude luister worden hersteld, onze beschaving zal zich opnieuw verheffen, onbezwaard door alle baantjesjagers en tweederangs literati die in Peking de dienst uitmaken, alleen omdat ze Confucius uit hun hoofd kennen.

Ik dwaal af. Lees wat nu volgt aandachtig!

Op de dag dat de Qianlong-keizer afstand doet van de Troon, worden de vergeten concubines naar het Plein van de Hemelse Vrede gedreven om, ergens in die tienduizendkoppige menigte, getuige te zijn van Heshens dood. Er zal vuurwerk zijn, acrobaten zullen hun kunsten vertonen en priesters branden wierook om te vieren dat de usurpator zijn gerechte straf niet ontloopt: er breken betere tijden aan. In die drukte word jij door onze mensen geschaakt. Het gaat vanzelf – het enige wat jij moet doen is je afzijdig houden van de anderen: zo vergemakkelijk je de operatie en maken we ons sneller uit de voeten.

Neem vooral niets mee! Mocht je een begin hebben gemaakt met je roman, overhandig deze papieren dan van te voren aan de eunuch Weigong: degene die je dit schrijven ter hand stelt. Hij zal er borg voor staan dat elke letter van je manuscript bij ons terechtkomt. Zaken die voor jou van waarde zijn, brieven waarvan je derden onkundig wilt laten: Weigong brengt ze in veiligheid. Je mag hem belonen; nodig is het niet. Hij krijgt vorstelijk betaald voor zijn diensten. En wat nog belangrijker is: hij levert ze maar al te graag. Zijn afkeer jegens de keizer is grenzeloos. Hij heeft zich niet vrijwillig onderworpen aan het mes: zijn vader zond hem naar de Verboden Stad, omdat zoonlief zich had 'vergrepen' aan het dienstertje dat hij liefhad – en de dienster is, zoals je begrijpt, op haar beurt de gelederen van Witte Lotus komen versterken. Kortom, Weigong is volstrekt te vertrouwen.

Kleren en spullen die een vrouw nodig heeft, liggen hier voor je klaar. Ik kan het je niet genoeg op het hart drukken: neem niets mee, dat wekt argwaan!

O Daiyu, voor mij ben je als een jong zusje, dierbaarder nog dan mijn echte zuster, de dichteres die twee jaar geleden stierf – of vermoord werd. Ik kan niet wachten tot jij en ik herenigd zijn. Weer lees ik *Droom van de Rode Kamer*, helaas in de corrupte versie van Gao E, en mijn plezier in het verhaal neemt toe bij het vooruitzicht dat ik de echte heldin in de armen zal sluiten.

Niet alleen omdat je mij dierbaar bent! Jouw komst zal allen moed schenken; jouw aanwezigheid kan Witte Lotus sterken na de deceptie van een opstand die voor de zoveelste keer wordt verdaagd. Was ik er niet getuige van hoe jij in het Paviljoen van de Vergeten Concubines het gif uit onze harten trok? In je eentje, terwijl wij jou schandalig bejegenden! Je toewijding, je tederheid, je zuiver hart – alles aan jou boezemde mij, en niet alleen mij, vertrouwen in. Jouw wens om een werk te schrijven in de geest van Cao Xueqin dwong bij ons (nadat we oprispingen van afgunst hadden beteugeld) niets dan ontzag af. Eenmaal in de gelederen van Witte Lotus zul je tijd, gelegenheid en bezieling vinden om je roman te voltooien. Zo draag jij op jouw wijze bij aan een wereld waarin menselijkheid het wint van de brute macht en het nog brutere geld.

Ik verheug me zo op je komst! Mijn enige vrees is dat je de genegenheid van een oude vrouw zult versmaden...

Isaac Titsingh
Aan Cao Baoqin alias Lin Daiyu
Paviljoen van de Vergeten Concubines

Bij het ochtendgloren wekte een regiment baniermannen mij. Ze kwamen van het Hof, ik zag het aan de gele draken op de draagstoel die ze bij zich hadden. Hun komst overrompelde me. Nadat ik de slaap uit mijn gezicht had gespoeld – de lampetkan stond klaar, vaak vergeten ze die – stak ik me in ruiterkostuum, elegant en toch niet te formeel. Beleefd gaf ik te kennen dat ik een ritje te paard prefereerde.

Dit werd mij bruusk geweigerd. Het is buitenlanders blijkbaar niet vergund om blikken te werpen op de straten van de Tartarenstad, de poorten van Peking, de paviljoens van het Zomerpaleis.

Wederom ontving de oude heerser mij in de pagode van de Literatuurgod. Hij lag op een divan, tussen stapels kussens in. Een tolk was nergens te bekennen. In de schemerzaal hield zich een jonge eunuch op, die zich geruisloos van zijn verplichtingen kweet. Ik verrichtte de koutou en stond op. Het keizerlijk gelaat leek door een ziekte misvormd. Mogelijk greep de naderende terechtstelling van Heshen hem aan. Op de ambassade is dit het gesprek van de dag.

'Ti Qing,' sprak de keizer traag, zodat het mij lukte het Mandarijn te volgen, 'wij staan u nogmaals toe om in de echt te treden. Want op Deshima raakte zij dermate besmet met buitenlandse ideeën, dat zij bij ons geen kans maakt. En ze is geen weduwe,' besloot hij met het medeplichtig lachje van mannen onderling. 'Althans, niet officieel.'

De keizer articuleerde duidelijk, en moeilijk te begrijpen waren die woorden niet. Maar deze denkwijze staat zo ver van mij af, dat het toch even duurde voor ik de strekking van zijn woorden doorgrondde: de keizer doelde op je kansen als huwelijkskandidate... Wat nu volgt zal je tegen de borst stuiten, maar ik moest de keizer van repliek dienen en daarin een klare lijn volgen.

'Majesteit! Loopt haar leven gevaar?'

'Groot gevaar.'

'Ligt het in uw vermogen om haar bescherming te bieden?'

'Ze heeft om vrijlating verzocht; die is haar thans verleend. Nadat zij Heshens executie heeft bijgewoond, haar laatste plicht, zal zij het Paviljoen van de Vergeten Concubines verlaten. Daarna is zij niet langer Onze zorg.'

Eerst stemde dit me uitbundig: je komt vrij! Maar de keizer leek meer te weten dan hij liet blijken. 'Uwe Majesteit bedoelt?' vroeg ik op een toon waarin wrevel moet hebben doorgeklonken, want hoewel ik blij was om jou, vond ik zijn harteloosheid stuitend.

'Mijn regeertijd loopt ten einde, gezant; van velen is het lot ongewis.'

Mijn wrevel week voor schrik. De aftredende vorst waarschuwde, zonder te onthullen waarvoor. Ik verrichtte nogmaals de koutou – drie keer leek me voldoende – en zegde hem dank voor zijn vooruitziende blik.

'U hoeft Ons niet te bedanken, want Wij verzoeken u om een gunst.'

In mijn gebroken Mandarijn vroeg ik de Majesteit zich nader te verklaren.

'China's aanzien in de wereld loopt terug, ook in kunstzinnig opzicht; op ons porselein raakt men uitgekeken.

Wij willen dit aanzien herstellen met een roman die onder Ons bewind het licht zag–'

'*Droom van de Rode Kamer*!' Je hoort het, Baoqin: in mijn geestdrift verloor ik het protocol weer uit het oog, ik leer het nooit! Ik zeg niets nieuws wanneer ik beken dat onbesuisdheid mijn grootste ondeugd is. Van alle Nederlanders in China ben ik wel het minst toegerust voor de diplomatieke dienst en voor de omgang met jullie oosterlingen. Het ligt in mijn natuur om de koe bij de horens te vatten, zoals wij zeggen. Ik vrees dat het mijn onbesuisdheid was waardoor jij terugschrok voor mijn aanzoek. Maar weet, Vrouwe Cao of Lin Daiyu – hoe word je nu liever genoemd? – dat ik het aanzoek niet herhalen zal, ook al wil de keizer ons nog zo graag gehuwd zien. Of wil hij het uiteindelijk niet? Er valt geen peil op te trekken. Hij kan er zelf geen peil op trekken, vermoed ik. Als wij trouwen, moeten we China uit en is hij van twee lastposten verlost; tegelijk wil hij jou in zijn buurt houden, denk ik. Maar dit weet ik wel: van mijn kant is de genegenheid onveranderd gebleven. Mijn achting voor jou neemt met de dag toe. Juist daarom wil ik je niet weer met een aanzoek bestoken. In jou heb ik een vrouw ontmoet die de vrijheid liefheeft, Baoqin. De vrijheid die in dit land zo dun gezaaid is.

'Inderdaad,' mompelde de keizer ietwat versuft. '*Droom...*'

'Tevens bekend als *Verhaal van de Steen, Spiegel voor maanzieke minnaars* of *Twaalf Schoonheden van Jinling* – de naam van Nanking toen dit onder de Ming een tijd de hoofdstad was.'

De keizer trok een wenkbrauw op, in antwoord op dit ongepast vertoon van kennis naar ik meende, maar ik zat er weer eens naast. Weliswaar was die wenkbrauw een signaal, maar het gold de eunuch. Deze plaatste een walmend wierookvat bij de keizerlijke divan en haalde een opiumpijp met toebehoren voor den dag, waarna hij de amfioenkorrels in de houder legde en verhitte boven de vlam. Weldra vulde de zaal zich met een branderige, bitterzoete walm.

'Weigong!' sprak de keizer nadat hij zijn dienaar de pijp had aangereikt; men rookt of 'schuift' kennelijk om beurten. 'Wat zou jij ervan vinden als Wij Heshen gratie verleenden?'

De eunuch verschoot van kleur. 'U zou zich niet geliefd maken.'

'Je schrok, zag ik: waarvan?'

'Majesteit, van de vraag! Ik ben slechts Uw dienaar! Het laatste wat ik wil is U met nietswaardige opvattingen voor de voeten lopen.'

'Je bent het oneens,' zei de keizer, terwijl Weigong hem de pijp teruggaf.

'Oneens? Waarmee, Verhevene?' De arme drommel beefde over zijn leden, zag ik. En toen werd ik nog iets anders gewaar, alsof de bedwelmende geur mijn zintuigen scherpte: Weigong bezat een onafhankelijke geest en dacht anders dan zijn meester.

Abrupt richtte de keizer zich tot mij, alsof de hele eunuch niet bestond. 'Kent u de roman, Ti Qing?'

'Zo ver wil ik niet gaan,' antwoordde ik. 'Maar om me in het Mandarijn te bekwamen, heb ik met moeite twintig hoofdstukken vertaald, een kwart van het totaal, en mijn indruk is–'

'Een kwart, zei u een kwart!' onderbrak de keizer gramstorig. 'Dat moet een roofdruk zijn geweest!'

'Hier ben ik later op geattendeerd, Majesteit. De uitgave van Gao E en Weiyuan eh, was nog niet verschenen,
laat staan doorgedrongen tot Deshima.'

De keizer sprak de wens uit dat ik alle hoofdstukken
zou vertalen van Gao E's editie, om het werk ingang te
doen vinden in Europa. Ik weigerde prompt; ik miste
immers het vernuft ertoe, de vertaling zou wemelen van
de fouten. Maar zelfs al zou ik tegen die kolossale taak
opgewassen zijn, dan nog beheerste slechts een fractie
van alle westerlingen het Nederlands.

'Zo moeilijk kan het toch niet zijn, met twee dozijn
karakters!'

'Die karakters staan, anders dan in dit land, niet voor
begrippen, Majesteit. Wat gezien hun geringe aantal maar
beter is ook!'

De Qianlong-keizer bracht de opiumpijp naar zijn mond
en zei klagelijk: 'Waardeloos, die klanktekens!' Toen zeeg
hij achterover in de kussens en liet een fabelachtige rook-
pluim naar de zoldering opstijgen. 'Bij ons maakt het niet
uit welk dialect je spreekt. In China lezen ze alles. Meer
dan goed voor ze is.'

'In Europa moet je de "dialecten" kennen om ze te kunnen lezen, Majesteit! Als ik U raden mag: laat u de roman
in het Frans vertalen – dat is het Europese Mandarijn
zogezegd, voertaal van alle geletterden tussen Lissabon en
Moskou.'

'Mag ik hieruit afleiden dat u niet tot die geletterden
hoort?'

Een minne sneer, waaruit immens onbegrip bleek... 'Ik
beheers die taal, maar iemand wiens wieg in Franguo
stond zal toch beter op die taak berekend zijn. Overigens
werpt het Mandarijn nog de meeste obstakels op.'

Er speelde een smalend lachje om de keizerlijke lippen, en mijn afkeer van de heerser verhevigde zich toen hij zei: 'En met Vrouwe Cao aan uw zijde?'

Hij had me in de val laten lopen. Mij, de domkop die op eerlijkheid prat gaat. Wat niet wegneemt dat ik ook eerlijk ben, Baoqin. Een gedwongen huwelijk vormt een te grote inbreuk op de vrijheid die jou en mij lief is... Maar ik wist niet wat ik tegen de keizer moest zeggen, en doordat ik niets zei, kon bij hem de indruk postvatten dat ik door passie werd verteerd. Ten dele was dit ook zo, al wilde ik het in deze paleiszaal juist verheimelijken... Lieve Baoqin: toneelspel is aan mij niet besteed, ik bracht het er bar slecht vanaf. En het viel me zwaar om afstand te doen van de hoop u aan mijn zijde te weten! Ach, tegen hartstochten die door het despotisme worden ontketend, vermag de Rede weinig... Niettemin stond – en staat – één ding mij klaar voor ogen: wat de keizer gelastte, kon en mocht slechts in vrijheid geschieden, op last van jou en mij en geen ander. Zelf zou ik een huwelijk toejuichen; tegelijk besef ik hoe gekwetst je zou zijn als ik het je opdrong.

Ineens kreeg ik een lumineus idee. Nogmaals zonk ik door mijn knieën en bracht ik het hoofd naar de grond. In die houding zegde ik hem dank voor het onderhoud en liet ik de monarch – zonder u geraadpleegd te hebben! – weten dat ik u liever als tolk in dienst nam.

'Die gunst kunnen Wij onmogelijk verlenen.'

Geschokt richtte ik mij op.

De keizer vertrok geen spier. 'Na Onze abdicatie wordt uw ambassade gesloten. Als Wij juist zijn ingelicht, is de Jiaqing-keizer voornemens Vrouwe Cao te verbannen – iets waartoe Wij niet konden besluiten omdat Wij een zwak voor haar koesteren, haar vrijpostigheden ten spijt. Het is het een of het ander, Ti Qing. of u huwt haar, of zij wordt aan haar lot overgelaten.'

'Majesteit! Hoor ik het goed? Staat u mij toe dat ik met haar dit land verlaat?'

'Dat zei ik niet.' De keizer ging rechtop zitten. 'Als u met Vrouwe Cao in het huwelijk treedt, blijft zij achter; terwijl Wij u naar uw eigen contreien uitsturen om aan uw vertaalverplichting te voldoen, als gezant in Onze dienst. Na uw terugkeer krijgen de dame en u een villa ten geschenke – hier, in de tuinen van het Zomerpaleis... Zo luiden Onze voorwaarden.' De keizer glimlachte smalend. 'Jullie westerlingen zijn een raadsel. Begeert u die dame nu of niet?'

'Natuurlijk... Maar...'

'Ik verleen u een gunst! Hoe kan er een "maar" zijn?'

Beschaamd antwoordde ik: 'Majesteit, ik...'

De keizer stak een hand op. 'U kunt gaan. Neem de kwestie zorgvuldig in overweging, Ti Qing! Wij vernemen uw beslissing na een bedenktijd van drie dagen – uiterlijk op de vooravond van Heshen's terechtstelling.'

Het spijt me dat ik zo lang bij dit onthutsende onderhoud stil moest staan, Baoqin. Tot zover breng ik overwegend slecht nieuws, dat besef ik wel. Maar mijn terughoudendheid zul je beter begrijpen. Ding ik naar je hand, dan degradeer ik mij voorgoed tot pion van de keizer; zie ik daarvan af, dan laat ik je over aan je lot.

Waarom wil hij jou in Peking houden, terwijl ik er op toe moet zien dat *Droom* wordt vertaald, helemaal aan het andere eind van de wereld? Niettemin ben ik de keizer dankbaar dat mij bedenktijd is verleend.

Tevens is dit bedenktijd voor jou, Baoqin... Er is iets anders, voel ik. Iets dat jou ervan weerhoudt om te trouwen.

Weigong vergezelde me naar de stad, op last van de keizer. Eindelijk mocht ik indrukken opdoen van het bruisende Peking. Ik sloeg er nauwelijks acht op. Terwijl we het stadshart tegemoet liepen, deed Weigong uit de doeken dat het toezicht op het briefverkeer van en naar jullie paviljoen is verscherpt, en hij bood aan als geheim koerier op te treden. Het klonk me als muziek in de oren.

Reeds tastte ik naar de geldbuidel, toen hij zijn hand op de mijne legde. 'Ik doe het voor de goede zaak, heer Ti Qing,' sprak hij ernstig. 'En voor de liefde, niet te vergeten. Ik weet wat het is om die te verliezen, heer.'

Van opzij wierp ik een blik op hem. 'Zeg je nu dat jij je liefde bent kwijtgeraakt, Weigong?'

Zijn gezicht werd dieprood. 'Nee, niet echt – en alleen de Hemel weet hoeveel pijn het doet.'

Zijn woorden maakten indruk op mij. Weigong was allesbehalve het slaafje van de keizer. Niet alleen bezat hij een onafhankelijke geest; hij was ook volstrekt eerlijk – het tegendeel van achterbaks.

Dankzij hem is in mij nieuwe hoop opgelaaid. Dat de ambassade sluit is spijtig voor de wereldgeschiedenis, Baoqin, maar voor ons is het een groot geluk. Want nu kan ik jou – tegen alle keizerlijke geboden in; de ambtenaren en de douanemensen kopen we om – verzoeken om je vrijheid achterna te reizen. Ik smeek je: treed in mijn dienst als tolk en verlaat dit land met mij!

Vrouwe Cao, alias Lin Daiyu
Aan de geest van Cao Xueqin

Niet de protserige pagode in het Zomerpaleis huisvest de God van de Literatuur maar jouw boek, Xueqin! Wat mis ik je. Jaren zijn verstreken en toch blijf ik je missen. Jouw grappen, je wijsheid, je tederheid. Zelfs je gelatenheid mis ik. Voor mij ben jij het – zou je het zijn als je nog leefde, al was je nu over de tachtig geweest.

Aan mijn gevangenschap komt spoedig een einde: de Qianlong-keizer doet afstand van de troon en zijn toever-laat wordt onthoofd – twee dagen nog, en dan ben ik vrij.

Vrij! Als rijstwijn stijgt het me naar het hoofd.

Xueqin: fluister me wijze raad in... Met gezant Ti Qing naar het onbekende? Zijn brief stelt allerminst gerust. De zaak is dat hij China moet verlaten. Een tegenvaller; maar buiten China heeft hij mogelijkheden te over... Waar het hem aan schort is een vrouw aan zijn zijde. Hij mag de keizer dan een despoot noemen; hij spant wel met die despoot samen om mij in ballingschap te voeren, zodat ik trouwen moet: van zijn plan om het land clandestien te verlaten, met mij maar zonder een huwelijk, komt natuurlijk niets terecht.

Lieve Xueqin! Sinds jouw betreurde overlijden zijn er koningen afgezet, oorlogen gestreden en naties gesticht, en ongehoorde uitvindingen hebben het gezicht van de wereld volkomen veranderd – tenminste, dat zegt Ti Qing, en ik geloof hem. Ik geloof alles wat hij zegt. Ik geloof zelfs dat zijn hart het mijne is toegedaan.

Is het liefde?

Namen zijn geen echte namen, sprak de Wijze, want

Verandering is de oerwet van het leven. Zelfs in ons land! Zij het dat oude en verstikkende gebruiken hardnekkig kunnen zijn, evenals corrupte ambtenaren en kleinzielige keizers. Ja, in ons land manifesteert Verandering zich als verval, afbrokkeling en verrotting. En het kan niet anders. Alles onder de Hemel is immers aan Verandering onderhevig.

Het enige dat nooit verandert, het enige werkelijk onveranderlijke, is mijn blijvende liefde voor jou. Maar jij bent dood, Xueqin, en mijn hart is verscheurd. Het vooruitzicht om mij in een ongelukkig avontuur met de vreemdeling te storten, boezemt mij angst in. Trouwens, ik weet dat China veranderen zal: zodra dat schip me meevoert, het Onbekende tegemoet.

Aan dek wuif ik de kustlijn verdrietig vaarwel. Corruptie en verrotting etteren niet langer: China is een horizon die voorgoed verloren gaat. Nog eenmaal doet het zich voor aan mijn door tranen benevelde blikken: een glanzende wereld vol vrolijkheid en spleen, barse schoonheid en verleidelijke gratie – de wereld die onze gezamenlijke droom was, Xueqin, nu voor altijd vergrendeld om voorgoed te verzinken in de vergetelheid.

Mijn hart wordt uit elkaar gereten. Er kan geen emplooi zijn, laat staan vervulling, voor deze vrouwelijke tolk buiten China; behalve dan Ti Qing helpen *Droom* te vertalen... of liever gezegd, het misbaksel van Gao E dat jouw ware droom, de droom die niet mocht zijn, bespot. Wat wordt het: dood of vergetelheid? Jij bent dood, Xueqin, en *hij* zal mij doden – uit liefde – door mij het Onbekende in te sleuren. De horizon zal verdrinken.

Moet ik Ti Qing opgeven?

Dan doet zich een buitenkans voor, een ontsnapping wellicht; en die komt uit onverdachte Mingloyalistische hoek. De Witte Lotus!

Eenmaal bij ons, bericht Oude Tweede Concubine Chun Xian mij, *zul je de tijd, de gelegenheid en de bezieling vinden om je roman te voltooien.* Een droom die uitkomt! Nu mij deze gouden kans wordt geboden om mijn eigen roman af te maken, zou ik wel gek zijn om mij in een wankel avontuur met de buitenlandse gezant Ti Qing te storten!

Niettemin: hoor ik thuis bij Witte Lotus? Jij, een fervente Mingloyalist, zult de vraag beamen, lieve Xueqin. Bovendien weet je hoe belangrijk het voor mij is om de rietpen te hanteren. Jij bent de enige man die mijn 'misdaad' volledig op waarde schat. Die 'misdaad' is de enige manier om mijn verscheurd en ongedurig hart kalm te krijgen; de enige manier om onze gedeelde dromen eer te bewijzen!

Wat mij argwaan inboezemt is dat de tussenpersoon van Witte Lotus zich in de nabijheid van de keizer ophoudt. De warme aanbevelingen van Chun Xian doen daar niets aan af, te meer daar ook zij niet boven verdenking verheven is. Evenmin deel ik het grenzeloze vertrouwen dat Ti Qing in paleiseunuch Weigong stelt. Was ik maar zo argeloos als de Nederlandse gezant! En ik ben dol op Chun Xian! Liever begroef ik deze akelige achterdocht; zowel jegens Weigong als jegens Oude Tweede Concubine zelf!

Ik slaag er niet in. Is het op zijn zachtst gezegd niet opmerkelijk dat een eerbiedwaardige dame van negentig lentes, die een heel leven in de Verboden Stad heeft gesleten, opeens een bende Lotussen aanvoert? Hoe meer ik

146

erover nadenk, hoe achterdochtiger ik word. De keizer heeft weet van Chun Xian's verblijfplaats – weet bij welk geheime genootschap zij een onderkomen vond. Mogelijk gaf hij de oude concubine uit ontzag haar zin, of hij had ergens berouw over. Maar het was wel de keizer die haar toestemming gaf om zich aan te sluiten – bij zijn vijand!

Ik ben een heel ander geval dan Chun. Maar de twijfels blijven eender. Handelt Weigong met of buiten medeweten van de keizer? Speelt hij dubbelspel? Is het niet toevallig dat mijn 'ontvoering' door Witte Lotus samenvalt met mijn officiële vrijlating, tot op de dag nauwkeurig? Ik ben de lokvogel, bedoeld om baniermannen op het spoor van het geheime genootschap te zetten – of om Heshens beulen, tijdelijk uit de gratie, weer in het gevlei te krijgen aan het Hof.

Jij doet er het zwijgen toe, lieve Xueqin. Ik neem je niets kwalijk. Geesten hebben andere zorgen dan stervelingen; jij hebt je portie gehad. Nu pas besef ik in wat voor een benarde wereld je leefde. Jouw verwanten bekleedden posten in keizerlijke dienst, hoe nederig ook; enkele gingen zelfs op voor de keizerlijke examens, ofschoon je familie in ongenade was gevallen. Wat steekpenningen al niet vermogen! In dit milieu van kruipers en baantjesjagers was jij de enige Mingloyalist; zelfs je lievelingsneef Tianyou viel jou daarin niet bij. Jij meende dat de dynastie de gunst van de Hemel zou verspelen – in feite verspeelde jouw familie de gunst van Kangxi's opvolger, Yongzheng, die hoofden van onthalsde Mingloyalisten op staken liet prikken om de rest gehoorzaam te krijgen.

Zelden sprak je over staatszaken, en als je het deed, was ik je enige toehoorder. Maar je denkbeelden dreigden door te sijpelen in de roman. De 'Tuin van het Grote Doorzicht' (om met Ti Qing te spreken), voor een fortuin aangelegd om de keizerlijke concubine van de familie voor de allerlaatste keer te ontvangen, belichaamt voor heren die van jongedames dromen een ideaal; geen van deze heren beseft – voer jij tegen me uit – dat dit ideaal bestaat bij gratie van een beschaving die ten onder ging toen de laatste Ming-keizer zich in de paleistuin verhing.

Het is nacht. Ik kan de slaap niet vatten; ik denk aan je, lieve Xueqin, uur na uur. Ik had, nee, héb je lief. Naar je lichaam snak ik het meest; je ziel is immers al bij me. Je ziel vergezelt mij wanneer ik onze favoriete passages herlees, wanneer ik mij onze nachtelijke genoegens voor de geest haal, zelfs wanneer ik aan die eindeloze zittingen met vrienden en verwanten denk. Je lichaam heb ik daar niet mee terug...

Na je dood heb ik vaak genoeg een man begeerd, maar de inlossing van die begeerte brengt nimmer voldoening. Ik wil jou. Wanneer je in mij binnendringt, vlamt de pijn door mijn lendenen. Wil ik die pijn, dat geweld van onze versmelting opnieuw? Het wende nooit, maar als je zag hoe mijn lichaam zich kromde, streelde je zachtjes mijn buik. Dit kleine, tedere gebaar herinner ik mij het best. Daardoor week de pijn voor schrijnend genot. Machteloos onderging ik je stoten, en toch bezat ik macht over je: heel je fiere manlijkheid verloor zich in mijn schoot.

Oude Concubine Chun Xian zei eens dat alle mannen van elkaar verschillen – tot de wellust hen gijzelt. Alsof er een boze geest op het dak zit die spreuken mompelt en hen in varkens verandert. De held in je boek, amper de kinderjaren ontwassen, is dezelfde overtuiging toegedaan als Chun Xian. Baoyu gelooft dat meisjes van water zijn en jongens van drek. Hij acht zich het 'zwakke' geslacht onwaardig; bij Daiyu's geringste verwijt raakt hij van streek en doet hij alles om weer in de gratie te komen... Vaak herkende ik in zulke passages een kinderlijke variant op een ruzietje tussen ons, ik moest erom glimlachen... Telkens is Baoyu hevig ontdaan, telkens is niets hem liever dan haar nabijheid, of die van een ander meisje, al wachten hem nieuwe berispingen... Baoyu hoopt vurig dat iets van die meisjesbekoorlijkheden op hem zal afstralen – dat schreef je in je roman, al weiger ik te geloven dat je er een woord van meende. Die hoop koesterde je niet bij neef Tianyou! Serieus: je vindt toch niet dat de vrouw zuiverder is dan de man? Sinds ik bij de concubines mijn intrek nam, weet ik beter. De vrouwelijke geest is, mede omdat zij in het openbare leven wordt beknot, tot de meest vileine intriges in staat. Al haast ik me toe te voegen dat vrouwen ook in staat zijn met hun slechte gewoontes te breken: dat zie je aan Chun Xian.

Mannen zijn star. Mannen zijn simpel. Hun schermutselingen gaan over macht, aanzien en gezichtsbehoud. Nooit zijn ze elkaars ziel aan het verpulveren; ze zijn daar niet eens toe in staat. En nu ik me toch in speculaties verlies: misschien heeft de natuur de mannen uitgerust met die varkensachtige drift om ze niet te simpel te maken. Niet te simpel voor ons, bedoel ik. Als alles gezegd en gedaan is – examens behaald, ambten verkregen, de strijd gestreden, de hofmakerij beloond – wil de man maar één ding. En die enkelvoudige, blinde drang die alles overvleugelt, is het grootste raadsel. Misschien tracht Baoyu dit raadsel te ontlopen door de levens van meisjes deelachtig te worden, terwijl zij hem berispen omdat hij, juist in die ontsnappingspoging, aan het raadsel gehoor geeft.

Met zulk getob vul ik mijn nachten, Xueqin. Maar als ik aan ons samen denk, dertig jaar geleden, denk ik nooit aan varkens. Mij staat bij dat we gelukkig waren. Ik omdat ik je liefhad. En jij...?

Xueqin, had je mij ook lief?

Of vond je in mij de liefde terug van je jeugd?

Het is benauwd hier. Ik dompel de rietpen in water, berg de inktsteen op en betreed met deze brief de binnentuin die dag en nacht toegankelijk is; niemand houdt tegenwoordig nog toezicht.

De kou bijt in mijn wangen. Ik ga vuur stoken – wat na middernacht ten strengste verboden is, ook in de ton – en ik zal deze woorden aan de vlammen voeren, zodat ik alle zorgen ban uit mijn herinneringen aan ons. Het doet er niet toe dat je lichaam me pijn deed: onze zielen waren één... En nu ik dit papier zie blakeren, opkrullen in hitte en rook, weet ik dat ze nog altijd één zijn, en één zullen blijven tot het eind van mijn dagen – tot ik jou bij de Gele Bronnen tegemoetkom.

Keizerlijk Decreet 30.076,
herziening van Decreet 29.119,
inzake Heshens vonnis
de Nederlandse ambassade
Vrouwe Cao en de concubines

Wij, keizer van de Qianlong-periode, aan de vooravond van Ons aftreden, terugblikkend op een lange en voorspoedige regeerperiode, en Onze vele misstappen en onvolkomenheden overpeinzende, hebben na ampel beraad besloten om genade boven recht te doen gelden, in weerwil van Keizerlijk Edict 29.119.

Opperraadsheer Heshen zal gratie worden verleend: hij heeft berouw getoond voor zijn vele fouten en gebreken. Zijn loyaliteit indachtig schenkt het Hof hem de vrijheid almede bezittingen en bevoegdheden terug, in de vaste verwachting dat Onze keizerlijke lankmoedigheid hem tot voorbeeld zal strekken bij de toekomstige uitoefening zijner plichten.

De troonopvolger liet weten geen prijs te stellen op de Hollandse aanwezigheid in de hoofdstad. De ambassade wordt opgeheven, doch het Hof honoreert de wens van de vroegere gezant om Vrouwe Cao, de nieuwe meesteres van de Vergeten Concubines, in vrijheid te stellen.

Cao Baoqin heeft Onze toestemming om de hoofdstad te verlaten.

De overige concubines blijven hun oude privileges genieten en mogen zich voortaan van zonsopgang tot avondval vrij door Peking verplaatsen, met dien verstande dat zij de poortwachten van de Verboden Stad in kennis stellen van hun gangen, zodat zij in geval van nood tijdig opgespoord kunnen worden.

Gehoorzaamt allen deze bevelen!

Dierbare Isaac!

Heshen was te laf om het zelf te komen zeggen – in ons gezicht te spuwen desnoods. Van de eunuch Weigong, u welbekend, moesten wij vernemen dat de keizer in Decreet 30.076 het eerdere Decreet 29.119 betreffende Heshens executie tenietdoet! De heerser heeft hem niet alleen gratie verleend, maar ook in al zijn waardigheden hersteld! U daarentegen, Titsingh, die niets ten laste is gelegd, zult uit uw ambt worden ontzet; wie weet is het al gebeurd. En ik ben – op voorspraak van u, aldus het Decreet – vrij om te gaan waar ik wil.

'Waarom bevoorrecht de keizer mij boven mijn zusters?' vroeg ik Weigong.

'Vrouwe Cao,' antwoordde de eunuch met zijn meisjesstem, 'thans word ik in de troonzaal verwacht, en ik moet op mijn tellen passen: als ik ook maar even te laat kom, sta ik al onder verdenking! Vanavond keer ik bij u terug en zal ik antwoord geven op uw vragen, in zoverre dit in mijn vermogen ligt.'

Zodra de eunuch zijn hielen had gelicht, begon het hele paviljoen te gonzen. Allen praatten door elkaar. De concubines vreesden voor mijn leven. Zodra ik op vrije voeten was, konden keizerlijke agenten mijn gangen nagaan: zo zou ik hun het spoor aanreiken naar – nu, naar het niet nader te noemen genootschap dat in zuidelijke richting vluchtte om de keizerlijke spionnen, of Heshens beulen, voor te zijn.

Misschien zeiden ze maar wat, uit afgunst; al had Chun Xian mij inderdaad geschreven dat zij naar het zuiden was afgereisd.

Ik dacht na. Heshens trawanten, eveneens in hun waardigheden hersteld, gokten er natuurlijk op – of meenden na inzage van Chun Xians brief aan mij te weten – dat ik de oude dame achterna zou gaan: ze wisten bij welk genootschap zij zich had aangesloten, de Hemelzoon zelf had haar die uitweg geboden! En waarom zou ik mijzelf na 's keizers laffe woordbreuk inzake Heshen tot geheimhouding verplichten? Bij deze verklaar ik mijn eed nietig! Vrouwe Chun maakt deel uit van Witte Lotus, Isaac, een triade krijgsheldinnen die gezworen heeft de dynastie ten val te brengen! Maar voorlopig zien ze zich genoodzaakt om uit te wijken naar Macao.

Wat staat mij te doen? Ik mis u. Had ik uw inzicht maar!

Ik weet dat ik me wel eens ongeduldig heb betoond over wat ik in een vlaag van ergernis uw naïviteit noemde, niettemin bezit deze eigenschap de verdienste van een onafhankelijk oordeel. U vroeg het Hof om mijn vrijlating en de keizer honoreerde dit: bijna zou je vermoeden dat u – u, een vreemdeling! – een gunstige invloed op hem had. Maar dan verleent hij Heshen gratie en zendt hij u smadelijk heen. De opiumschuiver die over ons heerst wordt kinds en is niet langer bij zinnen, dat blijkt wel!

Lieve Titsingh, waarde Isaac – ik weet niet eens meer hoe u aan te spreken, zozeer hebben de gebeurtenissen mij verward. Uw triomf was van korte duur. U bent achter de horizon verdwenen, of zult erachter verdwijnen, of u bent nog in Peking, gevankelijk dan wel vrij. Ik kan alleen maar hopen dat het u wel gaat, al ben ik er allerminst gerust op: de Qianlong-periode glijdt af in chaos en willekeur.

Geen idee of deze woorden u onder ogen komen; zekerheidshalve maak ik voortaan van al mijn brieven aan u een afschrift.

Weigong hield woord; na zonsondergang kwam hij terug. Meteen vroegen we hem hoe de keizer zo'n ommezwaai had kunnen maken.

De eunuch kwam met een overtuigend antwoord. De keizer vreesde dat hem de meest afschuwelijke wandaden ten laste zouden worden gelegd, zodra hij afstand had gedaan van de Troon; de man die in 's keizers naam wandaden had begaan, was tevens de man die dit gevaar moest keren. Dat heel dit vonnis geënsceneerd was behoorde tot de mogelijkheden, gaf Weigong toe; wellicht werd het publiek, met medeweten van de Opperraadsheer zelf, gepaaid met een schijnproces om zodra de wraaklust was bekoeld Heshen gratie te verlenen. Vonnis en vrijspraak konden heel wel van te voren beraamd zijn.

'Alles blijft bij het oude! Dan kan ik toch evengoed in Peking blijven!' Dit zei ik om Weigong, zoals u het noemen zou, 'aan de tand te voelen'.

Maar de eunuch drong er met klem op aan dat ik de hoofdstad verliet; ik hoorde in Nanking thuis, vond hij, ik zou hier nooit aarden. Nanking! Wat wist Weigong over mijn verleden? Van hem wist ik niets – niets wat enig vertrouwen inboezemde althans. Weer drong zich het schrikbeeld op van de man met twee gezichten; hij werkte voor Witte Lotus en voor Heshen, die me in Nanking wilde hebben om af te rekenen met de vrouw die hem telkens de baas was en gezichtsverlies liet lijden – uit de buurt van rivalen en Lin Daiyu-vereerders.

Ik zei: 'Geef me één reden om u te vertrouwen!'

Mijn overrompelingstactiek bracht de eunuch niet van

de wijs. 'Ook indien u mij geen vertrouwen schenkt, moet u de hoofdstad verlaten.' Om er met gedempte stem aan toe te voegen: 'Ik heb connecties, Vrouwe: ik bied u mijn diensten aan.'

'Connecties!' riep ik uit. 'Met Heshen zeker!'

Weigong gaf geen krimp. Terwijl de concubines om hem heen dromden, trok hij een verzegelde rol uit zijn mouw. 'Schort uw oordeel liever op tot u dit heeft gelezen.'

Censor Qian Qianlin aan Vrouwe Cao Baoqin

Schrikt u niet van de aanhef, Vrouwe. Ware ik nog in dienst van het Hof, dan had ik me wel 'Oppercensor' genoemd. Maar deze titel ben ik thans kwijtgeraakt. Ik ben ambteloos onderdaan onder een corrupte keizer, verjaagd uit een Hof dat het Mandaat des Hemels verspeelde. Noodgedwongen wijk ik uit naar mijn landgoed bij Nanking... Treur niet om mij. Onder alle omstandigheden blijven dichters dichten; met censors is het net zo. Onze roeping is het om echt van vals te onderscheiden, gekwaak van gezang, bluf van grandeur. Zo houden wij dit rijk op koers. Mits men naar ons luistert, wat in dit tijdsgewricht allerminst het geval is...

Destijds was ík het die uw bijdrage aan de *Hofgazet* moest keuren. De tekst staat me nog helder voor ogen. Als de discretie van het ambt het niet had belet, zou ik u hebben benaderd: ik bespeurde talent... Uw pen wedijvert met het rapier van de Japanse sneldichter, uw toon herinnert aan het *Pioenenpaviljoen*, uw dialoog bezit de soepele veerkracht waar *Droom van de Rode Kamer* in uitblinkt. Deze en nog andere letterkundige echo's strijden in uw artikel om voorrang, zonder overigens aan uw vrouwelijke originaliteit afbreuk te doen. Een enkel woord zou ik hebben gewijzigd of weggelaten, niet om uw talent te beknotten maar om onaangenaamheden voor te zijn... Helaas! De sterke man in Peking rook bloed en beschikte anders: op last van de infame Heshen werd het artikel afgedrukt voordat ik het toe kon snijden op wat het Hof welgevallig is.

Zoals te voorzien was – en Heshen listig voorzag – wekte uw artikel 's keizers misnoegen: mij werd terstond de wacht aangezegd. Ik had mijn huid kunnen redden door mij achter Heshens bevel te verschuilen. In plaats van deze krenking te verduren – en met het vooruitzicht op meer krenkingen! – heb ik het ambt neergelegd om mijn roeping te volgen.

U, Vrouwe, zult in die roeping een voorname rol kunnen spelen... Dit schrijven wordt u overhandigd door de eunuch Weigong. Via hem heb ik weet van uw benarde toestand. U 'heeft toestemming' om Peking te verlaten. In een decreet van de keizer wil dit zeggen dat zulks de keizer behaagt, dat het zijn wens is – cru gezegd: u wordt verbannen. Als u in de hoofdstad blijft, is uw leven geen taël meer waard. Waarom doet de keizer dit? Wat geeft hem deze handelwijze in? Ik vermoed dat de aftredende Zoon des Hemels, hoewel gehuld in opiumnevelen, beseft dat Heshen, weer op vrije voeten, het op u gemunt heeft. Ik weet niet of u het weet, maar het artikel in de Hofgazet heeft Heshens aanzien veel schade berokkend. Zijn vijanden verkneukelden zich toen zij het lazen; ook bij hen die hij zijn vrienden noemt, heeft

Heshen gezicht verloren. In het gemoed van de Opperraadsheer heeft de waan postgevat dat u hem in het ongeluk heeft gestort. Te veel eer, lijkt mij, maar zulks hoorde ik verluiden. En zolang Heshen die waan koestert, zint hij op wraak. Vandaar het Decreet; de Verhevene moet wel een zwak voor u hebben dat hij u tegen zijn eigen trouwe toeverlaat in bescherming neemt!

Ga naar Nanking, mijd de hoofdwegen. Mij treft u in het Bloemenparadijs aan: de herberg voor reizigers uit het Zuiden, die u vast nog van vroeger kent. Weigong zal u reisdocumenten ter hand stellen, zodat de herbergier u toelaat, al komt u uit het Noorden. De eunuch Weigong zal u onderweg vergezellen, ook hij heeft besloten zijn keizer de rug toe te keren en zich los te rukken van de opiumpijp.

Treuzel niet, Vrouwe. Het Mandaat is verspeeld. De keizer zal worden berecht; de dynastie zal een roemloos einde vinden – niet door het zwaard maar door de pen! En uw talenten zullen de mijne aanvullen, *Lin Daiyu*... Ik verheug mij op onze ontmoeting in Nanking.

Qian Qianlin

'Lees voor!' smeekten de vrouwen. 'Lees ons voor, Baoqin – toe!'

Ik aarzelde. Qian Qianlins schrijven behelsde een afspraak in een verre stad, pijnlijk voor wie moesten achterblijven.

'Lees dít liever voor!' Weigong stak me een exemplaar van de *Hofgazet* toe; een nieuwsbron die men ons onthoudt, hoewel dit paviljoen omsloten wordt door de bloedrode muren van het Grote Binnen. Voor het eerst zag ik mijn verslag in druk, en hoewel ik Qianlins geestdrift begrijp, tint het schaamrood mijn wangen wanneer ik lees hoe mild ik Heshens brute optreden weergeef.

Weigong had tevens een afschrift bij zich waarin Qian Qianlin in gloedvolle bewoordingen zijn ambt neerlegt en zijn bevindingen omtrent *Droom van de Rode Kamer* lucide uiteenzet.

'Sterk artikel, Baoqin. Dapper van je!'

'En Qianlin heeft gelijk dat hij ontslag indient!'

Zo prezen de concubines in één adem mij en de censor; verguld keek ik de kring rond. Toen kwam Oude Tweede Concubine Chun Xian me voor de geest; ik vroeg mijn lotgenotes, vroegere lotgenotes, vergiffenis, want ik ging ze verlaten. Moest ik voor Oude Tweede Concubine Chun Xian brieven, souvenirs of andere geschenken meenemen?

Vervolgens putte ik me uit in verontschuldigingen aan Weigong... Tussen ons gezegd, Ti Qing: ik weet dat jij hem hoogacht. Toch blijf ik op mijn hoede. Je waarnemingen trek ik geenszins in twijfel, maar hij is en blijft een eunuch, die voor zijn bestaan is aangewezen op de keizerlijke gunsten en voor zijn welbevinden op de keizerlijke opium. Mag ik hem vertrouwen? Toen hij, vergezeld van drie bedienden die ik nog nooit had gezien, mij de volgende ochtend de Verboden Stad uit loodste – waarom stelden die wachten geen vragen? – passeerden we de ambassade; een gescheurd gordijn wapperde uit een raam dat open stond, hoewel het vroor. Ik maakte me zo ongerust! Achter dat gordijn kon van alles zijn gebeurd. Weigong meldde kalm dat jij uit Peking was vertrokken; hij kwam er pas mee toen we het gebouw in het vizier kregen. Waarheen je was afgereisd wist hij niet; hij kon geen enkele bijzonderheid verstrekken, laat staan opheldering geven. Is dat niet vreemd? Terwijl jij hem jouw vertrouwen schonk door hem die brief mee te geven – het laatste teken van je aanwezigheid in de hoofdstad!

Nadat wij – alweer zonder dat men vragen stelde – de stadspoort achter ons hadden gelaten, kwam hij naast me lopen. Ik wende wel aan Weigongs nabijheid, maar wilde niets weten over zijn verleden: wat ik van de oude Chun Xian had gehoord deed me huiveren. Op gedempte toon, zodat het trio niet mee kon luisteren, begon hij tegen mij te praten. 'Mijn gewaardeerde helpers zullen een andere weg volgen, maar ik vergezel u.'

Met gemengde gevoelens hoorde ik dit aan. Liep het niet in de gaten, zo'n eunuch aan mijn zijde? Ik vroeg het, maar Weigong voorzag geen moeilijkheden: de reis was tot in de puntjes voorbereid. Maar waarom bejegende hij die drie bedienden zo omzichtig?

'Is Nanking ons reisdoel?' vroeg ik.

'Ja. Wij treffen het trio weer in het Bloemenparadijs, waar u de censor zult ontmoeten.'

'Daar pas! En mijn bagage dan?'

'Het is beter dat u van uw spullen gescheiden bent. En zij weten van niets, ze verlenen diensten tegen betaling, meer niet.'

'Gescheiden van rietpen en rijstpapier – en de roman in wording!' Horzels, aangetrokken door de halfbevroren mest op het land, gonsden hinderlijk om onze hoofden. Ik zag de roofdrukken de ronde al doen. Natuurlijk hield ik dit voor me, straks bracht ik hem op een idee! 'En als ik onderweg iets wens te noteren?'

'We zullen schrijfgerei kopen. Nee, ik schénk het u!'

'Dat is aardig van je!'

Ik zag hem glunderen. Hij deed zijn best, moest ik hem nageven, en ik gedroeg me harteloos. Om mijn schaamte te verheimelijken bleef ik hem bestoken met vragen: 'Hoe vinden we een winkel? En waar? Niet in deze gehuchten.'

'In Tianjin, Vrouwe! Trouwens, u zult reukwater willen hebben en andere benodigdheden.'

'Tianjin – daar begint het Grote Keizerlijke Kanaal. Reizen we per boot?'

'Wij niet, zij,' antwoordde hij met een knikje naar het drietal, dat zich op afstand hield. 'Wij huren ezels. Op kosten van heer Qian Qianlin.' Hij schonk me een ondeugende grijns. 'Nu maar hopen dat u de censor wél vertrouwt.'

'Jou vertrouw ik ook, Weigong!' Liever had ik dit met overtuiging gezegd. In feite had ik geen keus – en de eunuch wist dit. We waren op elkaar aangewezen.

Op stugharige ezeltjes vorderen we door het winterse land. Sneeuwbuien en rukwinden wisselen elkaar af of spannen samen; al reizen we zuidwaarts en al beukt de storm ons niet recht in het gezicht, ik word daas van het gebulder.

De eunuch is in mijn achting gestegen. Geruisloos handelt hij alles af met de theeverkopers, poortwachten en herbergiers op onze weg; mij laat hij hoffelijk met mijn gedachten alleen – geen onverdeeld genoegen, maar dat kan hij niet helpen. Weigong heeft zijn eigen muizenissen. Hij hoopt en vreest het dienstertje weer tegen te komen, zijn lief om wie zijn vader hem ontmannen liet.

Als hij aan haar denkt, vertrouwt hij me op een avond toe, komen oude verlangens in volle hevigheid terug. Ze hopen zich in hem op zonder een uitweg te vinden, maken hem radeloos; ze slaan om in een hunkering naar de droomkorrels waarvan hij thans is verstoken. Die hunkering herinner ik mij. Ik ken het zweet op zijn voorhoofd en het trillen van zijn hand; de peilloze eenzaamheid waarin dit lijden hem kooit.

Van de opium ben ik al jaren verlost, maar in de ene na de andere herberg wijd ik slapeloze nachten aan jou, Isaac. Hoewel de kans levensgroot is dat wij elkaar nooit meer zien, daarom misschien, breek ik me het hoofd over je aanzoek. Laat ik het maar bekennen: ik ben aan je gehecht geraakt, al lokt Europa me allerminst aan. Ik koos voor Witte Lotus: om jou te ontlopen. Niettemin ben ik aan je gehecht geraakt. Hoe sterk werd ik het niet gewaar toen jij opdook in het Zomerpaleis! Als ik aan jou denk, word ik overmand door een soort gelukkige weemoed... Laat dat genoeg zijn! Waarom het onmogelijke verlangen?

Ik mis je! En je hebt nog geen antwoord op je aanzoek gekregen.

Het spijt me: ik zie geen antwoord. Ik kan me ervan afmaken met de opmerking dat jij je aanzoek introk, maar dit werd ingegeven door omstandigheden die niet meer van kracht zijn. Bovendien ken ik je verlangen... Ken jíj het? Ik bedoel, doorgrond je het, ken jij jezelf?

In jouw land mag een simpel ja of nee volstaan; in mijn land (als het dat nog is) ligt het anders. Echtverbintenissen worden gearrangeerd; ze betreffen geen personen maar families – in mijn geval lastig, of juist eenvoudig: mijn verwanten zijn dood, verdwenen, weg. Overigens meen ik te weten dat het vroeger in Europa ook zo toeging. Stortten die twee geliefden bij Xekasupiro zich niet in het verderf omdat hun families in een vete verwikkeld waren? Helaas maakte dit duo de – in Europa endemische – vergissing te willen trouwen uit liefde of hartstocht: wat wij 'qing' noemen. Dat is vragen om rampen! Weet je, Titsingh, het huwelijk is een juk: ik, die als courtisane de verfijning van een tijdperk tot leven riep, weiger om dit juk gebukt te gaan... Ik begrijp je wel: de maan bijt in de staart van de kat, hartstocht wordt over je vaardig, en door wat jou als 'deugdzaam mens' of 'man van eer' – bespottelijke begrippen! – is ingeprent, meen jij dat alle hartstocht tot het huwelijk moet leiden. Sterker nog, je verwacht niet eens een juk: onze zielen verstaan elkaar immers? Ik daarentegen weet en voorzie dat dit juk onze schouders tot bloedens toe open zal rijten...

Wat afschuwelijk dat ik je adem niet kan voelen, je stem niet hoor, jou nergens aan kan raken. Ik heb spijt dat ik met Weigong ben meegegaan. Zoals ik ook weer spijt zou hebben als ik met jou was meegegaan.

Een courtisane verlangt, net als iedere vrouw, naar de Ware. Zij koestert dit als een ideaal, in de wetenschap dat het nooit uitkomt; niet voor niets heeft zij zich als courtisane gevestigd. Waarom? Om dromen te voeden – in het besef dat het dromen blijven, móéten blijven... Ik zou je aanzoek onverwijld hebben afgewezen als ik daarmee jou niet afwees.

Gevoelens uiten is in deze wereld fout, zegt de dichteres. Hoe zielsverwantschap recht te doen zonder ja te zeggen tegen een huwelijk en nee tegen jou...

Het is ver na middernacht. Ik kan niet slapen. Ik ben – ik weet niet waar ik ben. Ergens in de Shantoengstreek, beroemd om z'n zijde. Ik schrijf je bij een olielamp die weldra op zal raken. Het is koud. Dwars door het rijstpapier dringt de stank van een gierput naar binnen. De toekomst is donker als de nacht, triest als de bladerloze moerbeibomen rond deze herberg. Toch maak ik me geen zorgen om mij; ik maak me zorgen om jou. Ben je op weg naar je land? Naar Batavia? Houden ze je vast in Peking? Waar zit je, Isaac, wat is er met je gebeurd?

Zorgen die me overdag kwellen en 's nachts uit mijn slaap houden, meer nog dan je aanzoek – soms pieker ik over je aanzoek om niet aan je toestand te hoeven denken. Nu ik er niettemin aan denk, en me zorgen maak om jou, begin ik van de weeromstuit te geloven dat ik bij je hoor. En al heb je het aanzoek niet herhaald, ik durf het juk niet af te wijzen.

Put hier geen hoop uit; ik zou je maar teleurstellen!

Het logement is gedompeld in stilte. Drinkebroers, stamgasten, reizigers, vrienden voor het leven – allen hebben de gelagkamer verlaten. Buiten dwarrelt pluizige sneeuw, zie ik als ik het papier met een vinger opzij trek en de stank met verdubbelde kracht op me afkomt. De storm is geluwd. De waakhonden zwijgen. De kippen en de varkens houden zich koest. Waarom velt die stilte mij niet, waarom houdt dat gebulder in mijn hoofd aan?

De olielamp sputtert. Mijn leven is niets dan gemis. Zelfs de routines van het paviljoen mis ik... Wat staat me te wachten? Ik reis het onbekende tegemoet, er is geen weg terug. Er is één manier om gemis te bezweren. Maar ik heb de roman te lang laten liggen, en bovendien maakt reizen onrustig. En wie zou mijn leven – die treurnis – ooit willen lezen?

Hoe lang nog voor wij het Bloemenparadijs bereiken? En morgen, straks beter gezegd, is het weer even vroeg dag.

Bij het ochtendgloren bonzen ze op de poort. 'In naam van de keizer, maak open!' Al duizend jaar gaat het zo. Bij elke troonswisseling wordt er geconfisqueerd, vallen hoogwaardigheidsbekleders in of uit de gratie, rollen er hoofden. Mij is het voorrecht verleend me het leven te benemen. Een jaar geleden had ik dit bevel opgevolgd. Niet meer! Mijn roeping vereist dat ik leef, mijn lot laat me koud. Nakomelingen heb ik niet. En mijn kapitaal is veilig, Heshen kan er niet bij.

Ik verwachtte diens lakeien al, en smeergeld doet wonderen; zo heb ik dit pakket uit hun klauwen gered. Ik weet het, Vrouwe Cao, nu zadel ik u op met een last. Maar deze last komt u – helaas wellicht – rechtens toe; de ingepakte stapel papier is mij ter hand gesteld door een kleinzoon van Cao Xueqin of van neef Tianyou. Hoe dan ook, de jongeman noemde uw naam, daar gaat het om. Vergeef mij, Vrouwe, ik kan niet anders. Ze zoeken mij, ze weten nu dat dit enige origineel van *Droom van de Rode Kamer* – het manuscript waarin de auteur zijn Mingloyalisme allesbehalve verheimelijkt – in mijn bezit is. De kans dat ik het land uit ben voor de beulen zijn uitgezwermd is nihil. Heshen is op de hoogte van het origineel, hij wil het vernietigen of in beslag nemen, daarom zit hij mij op de hielen: aan u de eervolle taak het China uit te krijgen! Weigong beschikt over een deel van mijn geld, of wellicht biedt gezant Ti Qing uitkomst...

Nee, smokkelt u het Macao in! Ja, Macao! Witte Lotus

zit daar ook! Weigong loodst u door de binnenlanden en helpt u aan de papieren om Portugees grondgebied te betreden... In Macao zal de opstand beginnen, Vrouwe! Die Europeanen nemen we voor lief. Het haar op mijn voorhoofd groeit aan, de vlecht is ontward. Deze dynastie heeft geen aanzien meer, de keizer is reddeloos. De strijd zal lang duren. Wapens volstaan niet. Het is zinloos om oude tirannen te vervangen door nieuwe. Wat wij nodig hebben is de pen, wat China nodig heeft beschaving. Censor en auteur: de volmaakte eenheid van tegendelen! Laten wij uw roeping en de mijne bundelen als yin en yang.

In het Bloemenparadijs zult u mij niet vinden, Vrouwe Cao, om redenen die uit bovenstaande regels blijken; ik vraag vergiffenis voor mijn verzuim.

Tot in Macao! Moge de Hemel uw schreden verlichten.

Senhora Cao Baoqin, ook bekend als Lin Daiyu
Gebouw der Posterijen, BP 5219, Macao, Ilha
Aan het opperhoofd van Deshima, Nagasaki, Japan

Excellentie! U kent mij niet, ik ken u niet. Zelfs uw naam heb ik van hieruit niet kunnen achterhalen, de openbaarheid van uw ambt ten spijt. Mijn verzoek betreft bijgaande poststukken, bestemd voor de weledele heer I. Titsingh, een naam die u vast bekend in de oren klinkt.

Allereerst vraag ik verschoning voor het beslag dat ik op uw tijd moet leggen, temeer daar voor een opperhoofd te Deshima tijd, zoals ik uit eigen waarneming weet, een kostbaar goed is. Ooit woonde ik waar u thans resideert. Weliswaar ben ik onderdaan van het Hemelse Rijk, maar ik had het geluk dat de Chinese meester me aan Deshima's opperhoofd uitbesteedde. U bent mijn laatste, ja, mijn enige hoop dat deze zending bij dit voormalige opperhoofd terecht zal komen – de heer Titsingh voornoemd.

Onlangs trad hij als gezant op in China. Maar de Hollandse ambassade ging, zoals u zult hebben vernomen, op last van de nieuwe keizer dicht; sindsdien is de gezant spoorloos. Althans, spoorloos voor míj. Ik heb goede hoop dat u weet – of gemakkelijk aan de weet kunt komen – waar Titsingh zich momenteel ophoudt. Aan hem heb ik mijn kennis van het Nederlands te danken, al schrijf ik deze brief in het Japans. Uit schaamte, moet ik bekennen. Mijn spelling is zo beroerd dat de Nederlandse versie u weinig vertrouwen zou inboezemen, terwijl u wordt omgeven door bekwame en hopelijk discrete tolken; spreken zou me beter afgaan...

Omdat we beiden geletterd waren, raakten Titsingh en ik bevriend; hopelijk behoort u niet tot het slag Europeanen dat de vrije omgang tussen rassen afkeurt – een houding die ze overigens met veel van mijn landgenoten gemeen hebben. Vaak zong ik balladen voor het opperhoofd, passages uit de mooiste opera's. Ik citeerde fragmenten uit onze poëzie, waarna hij motieven uit de westerse letteren opdiepte, die soms indruk op me maakten. Zo raakten we thuis in elkaars taal, en we filosofeerden er lustig op los.

'Ik meen te weten,' zei Titsingh – toen nog in het Japans; het gebeurde de tweede avond die ik in zijn (thans uw) residentie doorbracht – 'waarom uw Chinese meester u aan mij, eh, uitleent. Welk belang daarmee gediend is.'

'Mij ontgaat dit belang!' antwoordde ik driftig. 'Betrekkingen tussen Deshima en de Chinese handelspost zijn door de Shogun verboden!'

'Alsof Nagasaki de wereld is!' spotte Titsingh. 'Zowel uw meester als ik weten dat de Hollanders en de Chinezen elkaar overal aantreffen – Macao, Kanton, Batavia... En daarom mag ik uw gunst niet verspelen, anders loop ik de mooiste contracten mis!'

Ik herinner mij nog goed hoe verbolgen ik was. Dit heerschap had mijn positie onverbloemd beschreven; in deze contreien betekent dit gezichtsverlies. Mijn Chinese meester had mij met een heimelijk oogmerk aan Deshima's opperhoofd uitgeleend, niet alleen om op de uitgaven te besparen, en mij had hij daarvan onkundig gelaten. Ik was een fiche in een spel dat anderen speelden. En die brutale Hollander zette de wereld op z'n kop door zich in één adem te onderwerpen aan mijn goedgunstigheid. Van tweeën een, dacht ik: of hij drijft de spot met mij, of hij maakt mij medeplichtig – zonder te zeggen waaraan.

'Eenvoudig zal het niet zijn om bij u in de gunst te komen,' ging Titsingh voort. 'U bent niet zomaar iemand, dat heb ik wel in de gaten. Eh... Cao, was dat de naam?' Hij draaide de lamp hoger en zette de knijpbril op zijn neus om mijn bescheiden in te zien. Kennelijk had hij geen moeite met ons schrift, wat ik voor een Hollander bijzonder vond. 'Ja, hier staat het. Cao Baoqin! Spreek ik het zo goed uit?'

'Zeker, heer,' gaf ik ten antwoord, en ineens begreep ik – vraagt u me niet hoe of waarom, Excellentie – dat het opperhoofd 'van de prins geen kwaad wist', zoals uw taal het uitdrukt. Zo won zijn oprechtheid het van mijn argwaan; ja, Titsingh herinnerde mij eraan dat er zoiets als oprechtheid bestond. Hoewel ik in zijn gezicht een zweem van hunkering dacht te ontwaren, geestdrift althans, voelde ik mij al wat meer op mijn gemak. Laat ik meteen maar verklaren dat uw ambtgenoot zich te allen tijde correct heeft gedragen. Zelden mocht ik zo'n beschaafd exemplaar van de mannelijke soort ontmoeten als Isaac Titsingh...

Als diplomaat stelde hij naar eigen zeggen niets voor; zijn overtuiging belette hem te veinzen. Helemaal serieus moet u dit niet nemen, denk ik. Wat hij als diplomaat waard is, durf ik niet te zeggen, maar door diezelfde overtuiging blonk hij uit als bestuurder in den vreemde. U zult wel weten, Excellentie, hoe snel misverstanden de kop opsteken tussen personen (en volkeren) die elkaar slecht kennen en die bij geschillen uiteenlopende, om niet te zeggen onverenigbare maatstaven van billijkheid hanteren. Toch kan de weg naar wederzijds begrip kort zijn wanneer betreffende partijen 'uit het juiste hout zijn gesneden'. Ik heb het zelf ervaren, Excellentie. Titsingh was hoffelijk, geestig, intelligent, en wij waren beiden leergierig.

Toch wil ik even ingaan op de misverstanden, opdat u mij beter leert kennen. Zoals u in een van uw couranten zult hebben gelezen, zond onze keizer een Engelse afgevaardigde met lege handen huiswaarts, nadat deze gezant had geweigerd zich voor de Troon ter aarde te werpen. Welnu, dit incident berustte op net zo'n misverstand als tussen Titsingh en mij bij onze kennismaking. De Brit ervoer de koutou als krenking, zoals ik Titsinghs grap over mijn wankele positie als krenking ervoer, alsof de omschrijving ervan al neerkwam op smaad. Ten onrechte, zoals hij door zijn innemende eerlijkheid liet blijken, wat tot nadenken stemt. Als onderdaan des keizers had ik moeten 'meehuilen met de wolven in het bos' (weer een van die wonderschone uitdrukkingen die uw taal rijk is) en de Engelse gezant Macartney verwatenheid moeten verwijten; de meegaandheid waarmee Titsingh het Keizerlijk Hof tegemoet trad lijkt dit oordeel te staven. Maar met evenveel recht kun je de keizer en zijn wolvenroedel bekrompen noemen. Wie heeft gelijk? Is er wel een gelijk, en waar berust dit op?

Ineens schiet me een beter voorbeeld te binnen, Excellentie: iets wat u aan den lijve ondervindt. Sinds twee eeuwen wordt het christenen te Deshima onmogelijk gemaakt hun rituelen te verrichten, ze mogen hun heilige boek niet voor eigen gebruik in huis hebben. 'Schennis!' morren de gelovigen in stilte. 'Minachting voor onze gebruiken!' stelt de Shogun op zijn beurt vast... Wie heeft het bij het rechte eind?

'Oorlog is diplomatie met andere middelen,' luidt een Europese wijsheid. Titsingh bedacht een variant: 'Diplomatie is oorlog met vreedzame middelen.' Ik moest daar om lachen, en dit was een van de weinige keren dat mijn vrolijkheid bij Titsingh verkeerd viel: hem was het bittere ernst. Diplomaten effenen door verschillen en beletselen in ogenschouw te nemen het pad naar wederzijds begrip, bedoelde hij, maar de oorzaken van oorlog en geweld nemen ze zomaar niet weg, daar komt heel wat meer bij kijken... Wat, dat wist hij ook niet precies. Starheid zit diep. Evenals vrees. Zelfs een alom gerespecteerd ambtenaar als Titsingh zou er nooit in geslaagd zijn de Japanners op het stuk van de godsdienst te bewegen tot 'verdraagzaamheid', zoals hij het noemde. Al heeft hij bij de Japanse autoriteiten versoepelingen bedongen, over die bijbels is hij wijselijk nooit begonnen.

Excellentie! Aan dit onderwerp zou ik riemen papier kunnen wijden, temeer daar het samenhangt met de reden dat ik dit poststuk zend. Maar u bent een drukbezet man – het laatste wat ik wil is wrevel wekken met reminiscenties aan uw voorganger, al was het maar om de schijn te vermijden dat u Titsingh als voorbeeld van node zou hebben.

Voor mij – moet me van het hart – wás hij een voorbeeld. Titsingh leerde mij dat gedachten vrij zijn en wezenlijk voor ons morele gehalte. Dat was zijn grootste geschenk aan mij – maar zeker niet het enige. Het opperhoofd had mij aangenomen voor lichte huishoudelijke taken, maar hij liet me alle tijd om te lezen, te kalligraferen en me zijn taal eigen te maken, en in ruil voor dit zorgeloze leventje keerde hij een vorstelijk honorarium uit. Ik begon me daar opgelaten over te voelen, ook omdat het me bij het overig personeel op scheve ogen kwam te staan. Maar toen ik op een avond waagde daar iets over op te merken, 'schoot hij uit zijn slof'.

'Altijd en eeuwig dat domme geld!' riep hij uit. 'Ik veracht het!'

Zelden had ik hem zo ontredderd gezien, zo uit zijn doen. Verlamd staarde ik hem aan, niet wetend wat te zeggen.

'Neem mij niet kwalijk, Vrouwe! Ik liet me gaan.'

Ook daar wist ik niets op te zeggen.

'Laten we elkaar begrijpen, Baoqin,' ging Titsingh verder. 'In mijn ogen is de vrouw gelijk aan de man: ze zijn beiden mens. Maar voor het oog van de wereld ben jij de dienstbode en ik de sinjeur. Daarom laat ik je pro forma soms een matje uitkloppen, anders komen er praatjes van.' Hij glimlachte als een kwajongen. 'Dat willen we vermijden, nietwaar?'

Excellentie, ik schets dit tafereel slechts om u ervan te doordringen dat het vriendschap en weetlust waren die mij aan Titsingh bonden; ik was geenszins zijn maîtresse en slechts in naam zijn personeel. 'Geestverwant in verre gewesten': zo omschreef ik de verstandhouding voor mijzelf... Hoe dit alles met bijgaand pakket verband houdt, zal ik aanstonds uiteenzetten. Maar eerst moet ik u iets vragen.

Bent u literair onderlegd?

In uw oren klinkt dit brutaal, maar ik weet niet hoe het hoffelijker in te kleden. In mijn oren is deze vraag volmaakt onschuldig. Mij is het een raadsel hoe westerlingen hun ambtenaren op een loopbaan voorbereiden. In China is het simpel. Hoogwaardigheidsbekleders zijn per definitie geletterd, anders zakken ze voor de keizerlijke examens. Zeker, ze dienen te beschikken over kennis van staatkunde, landbouw, geografie en geomantiek, maar bovenal moet de ambtenaar geletterd zijn en grote voorgangers lezen: wijsgeren, geschiedschrijvers, poëten en eminente staatslieden; delen uit opera's en toneelstukken moet hij onvoorbereid kunnen voorzien van spitsvondig commentaar; hij moet gedichten uit het hoofd kunnen reciteren en zelf schrijven – o ja, en het werk van Confucius kennen, ik zou het bijna vergeten. Verder moeten ze op het examen een essay componeren dat aan ingewikkelde voorschriften voldoet. Dit alles zijn ze aan hun stand verplicht. Maar uw hoogwaardigheidsbekleders, hoe zit het met hen?

Op Deshima wist ik het fijne nooit te achterhalen. Isaac Titsingh is weetgierig, geestig, extravagant; hij heeft een poëtische en filosofische inslag, maar is dit karakteristiek voor zijn persoon of bezit hij nu typisch ambtelijke deugden?

Ik mag hoe dan ook hopen dat u graag leest, Excellentie, anders heeft u het op Deshima zwaar...

Cao Xueqin was China's grootste schrijver, en ik was zijn laatste lief. Uit mij is de heldin in Xueqins levenswerk geboetseerd; toch voltrok onze liefde zich in het diepste geheim. Niemand mocht ervan weten – zeker zijn neven, ooms en broers niet. Het standsverschil alleen al zou een schandaal hebben ontketend, ofschoon wij in de verte familie waren. Daar kwam bij dat Xueqin mijn vader had kunnen zijn, we scheelden dertig jaar. Toen hij stierf moest ik nog twintig worden. Nu, zulke dingen komen bij ons vaker voor, zo opzienbarend zijn ze niet. Er was echter nog een reden om voor huishoudster door te gaan.

Net als in de 'kameraadschapshuwelijken' uit de Ming-tijd leefden wij op voet van gelijkheid, zij het in het diepste geheim; onze voeten waren letterlijk gelijk: die van mij waren niet afgebonden. Ziet u, aan zulke dingen neemt men in mijn land aanstoot. Daarom deden wij net alsof ik zijn huishoudster was: zo iemand mag wel grote voeten hebben. Al kan het zijn dat Xueqins diepste beweegredenen een esthetisch karakter droegen en te maken hadden met een of ander contrast tussen – of spel met – werkelijkheid en illusie.

Hem kan ik het helaas niet meer vragen... Om Xueqins dood heb ik langer gerouwd dan dat ik met hem mocht verkeren. Hij had zich over mij ontfermd. Als jong dichteres en ontluikend proza-auteur ging ik bij hem in de leer; met wassen, strijken en schoonhouden had dit alles weinig van doen, en eerlijk gezegd was ik in die taken onbedreven. Toch was huishoudster de meest verkieslijke schijngestalte. Dames van stand zijn in China gedoemd de hele dag te borduren, te roddelen, thee te nippen en bloem te schikken; als men ze al tot de letterkunde toelaat, dienen zij zich tot spookverhalen of gedichten te beperken. Mijn ambities reiken verder! Zijn er in uw land vrouwen die romans publiceren?

Lin Daiyu, zo luidde de naam van Xueqins heldin in *Droom van de Rode Kamer*. Het is tevens de bijnaam die ik met ere draag; onder eigen naam publiceerde ik ooit poëzie.

Ik mag niet verwachten dat mijn letterkundige ambities u belang inboezemen, Excellentie. Wel hoop ik dat u – als mens en als ambtenaar – met mij van mening bent dat toneel, opera, literatuur en poëzie schatkamers vol dromen zijn. Ik roem Xueqins roman niet zomaar; steeds sterker ben ik de overtuiging toegedaan dat de volkeren elkaars boeken moeten lezen. En dan heb ik het niet over dorre traktaten, ik heb het over de dichterlijke en dramatische hoogtepunten. In stilte geloof ik dat de schone letteren slagen waar de diplomatie faalt; alleen kunst kan de beletselen slechten waarop verstand en gewoonte te pletter slaan. Zo ben ik ervan overtuigd dat de Europeanen gunstiger over China gingen denken nadat zij van ons porselein–

Nee, niet weer porselein! Laat ik een sprekender voorbeeld nemen, dat bovendien het waarmerk van de ondervinding draagt.

Op Deshima maakte ik kennis met het 'sonnet': een opwindende dichtvorm, waarvan China is verstoken. Met name de sonnetten van de dramaschrijver Xekasupiro (het Japanse lettergreepschrift laat me in de steek, en van de Engelse spelling ben ik evenmin zeker). Ik leerde 'Shall I compare thee to a summer's day' uit mijn hoofd, evenals 'My love is as a fever, longing still'. Telkens als ik deze verzen aan Titsingh voordroeg, kreeg ik een brok in mijn keel en prikten mijn ogen; zelden zag ik afgronden van hartstocht, haat en liefde zo gloedvol verbeeld. Vraag me niet hoe het mogelijk is, Excellentie, maar deze poëzie spiegelde tevens mijn eigen verdriet. En wat in dit verband zwaarder weegt: sinds ik Xekasupiro heb leren kennen, lukt het mij niet langer om Britten als roodharige duivels te zien, al buigen ze tot in der eeuwigheid nooit voor de keizer.

Omgekeerd: als China verzot is op de dromer Baoyu, de melancholische Lin Daiyu, de pittige Wang Xifeng, de 'liefhebbende' grootmoeder Jia en allen die *Droom van de Rode Kamer* bevolken, wat let westerlingen dan om deze personages in hun hart sluiten?

Enkel de taal!

Uw gezicht en voorkomen ken ik niet, Excellentie, maar uw residentie is mij zo vertrouwd! In mijn verbeelding zie ik u voor me. Er is een Japanse tolk op bezoek, deze zit aan bij het souper: in de achterkamer, nietwaar? Het is opperhoofden geoorloofd tolken uit te nodigen, al moedigen de autoriteiten het niet aan – zo was het tenminste toen Titsingh en ik de residentie bewoonden.

En terwijl de tolk deze brief vertaalt in een Nederlands dat beroerder is dan het mijne (al maakt hij minder spelfouten), vraagt u zich met groeiend ongeduld af wat de reden is van mijn schrijven en waarom ik u dit pakket opdring – als het al niet is geconfisqueerd door de douane van Deshima.

Excellentie, om dit uiteen te zetten moet ik kort stilstaan bij de roerige gebeurtenissen in Peking. Als dichteres, gewezen courtisane en talenwonder was ik degene die voor het gezantschap van Sir Macartney moest tolken: de Brit die onze keizer de koutou onthield. Dit kwam mij op het verwijt te staan dat ik de gezant bar slecht had voorbereid. De sterke man aan het Hof, wat heet, in heel China! – Heshen luidt zijn naam – zette me gevangen. Op last van de keizer werd ik overgebracht naar het Paviljoen van de Vergeten Concubines, in een verre uithoek van de Verboden Stad. Wat Macartney verbruide maakte Titsingh, die een jaar later als Hollands gezant in Peking opdook, weer goed: op zijn voorspraak – en die van de Oude Bijzit Chun Xian – werd ik op vrije voeten gesteld. Reeds tijdens mijn detentie bejegende het Hof mij met een zeker ontzag; de keizer wist van mijn connectie met de Hol-

landse gezant, en ik overdrijf niet als ik zeg te hebben bij-
gedragen aan de verlichting van het lot dat de inwoonsters van dit paviljoen van oudsher was beschoren. Bovendien had de heerser van China alle vertrouwen in mijn
kundigheid als tolk. Om kort te gaan, de keizer arran-
geerde een treffen van Titsingh met mij, in de belvedère
gewijd aan de God van de Literatuur. Wat waren we blij
dat onze paden elkaar opnieuw kruisten! De weduwnaar
Titsingh begon zelfs van een huwelijk te dromen, wat op
Deshima niet aan de orde was – of nooit ter sprake was
gekomen. Beiden (dit zult u wel vreemd vinden) verlang-
den we terug naar het waaiervormig eilandje in
Nagasaki's haven... Hofintriges maakten een eind aan ons
weerzien. De Qianlong-keizer deed afstand van de Troon;
achter de schermen regeert hij nog. En aan de vooravond
van de abdicatie nam hij een rampzalig besluit: hij verij-
delde de executie van de meest corrupte ambtenaar die
het Hemelse Rijk gekend heeft: geen ander dan genoemde Heshen. Dat de keizer dit vonnis nietig verklaarde,
schrijven ingewijden toe aan dreigementen van het Censoraat. Als Heshen zich ten koste van allen verrijkt had,
redeneerde de censor, was de Hemelzoon medeplichtig en
moest Hij na Zijn troonsafstand gerechtelijk worden ver-
volgd. De censor vond dat de dynastie het Mandaat van de
Hemel verspeeld had; in China is zo'n officieel oordeel
fataal voor het keizerlijk aanzien.

Helaas overspeelde de Oppercensor zijn hand. De keizer
herriep niet alleen Heshens vonnis, hij herstelde de man
ook in al zijn waardigheden – om zelf vrijuit te gaan, naar
ik vermoed; en de censor vluchtte voor zijn leven. Sindsdien is het rijk aan willekeur ten prooi. Prinsen, Rijksgroten en hoge ambtenaren vallen in en uit de gratie; van

de ene dag op de andere wordt de ambassade gesloten; de rest onttrekt zich aan mijn waarneming. Titsingh lijkt van de aardbodem gevaagd. Misschien is hij terug naar zijn land, misschien kwijnt hij weg in het gevang; weten doe ik niets, want vanwege de troebelen moest ik zelf de hoofdstad verlaten. Wat ik weet is dat Heshen tot alles in staat is, zolang zijn hoofd nog aan zijn romp zit.

Aan alle vriendschap komt een eind, dat hoeft u mij niet te zeggen, al was het pijnlijk dat Titsingh en ik geen afscheid konden nemen. In het verstikkende Peking, waar argwaan regel is! – waar 'inheemse vrouwen' als honden worden weggeknuppeld bij ambassades! – waar post wordt besnuffeld door beambten! – in dit Peking was het ondoenlijk hem te vinden, hem te schrijven of (nu kom ik ter zake) hem dit pakket te doen toekomen, nadat het mij ter hand was gesteld. Waar hij was viel onmogelijk te achterhalen; óf hij er nog was kwam ik niet aan de weet. Het enige wat ik u kan vertellen is dat de ambassade verlaten was op de dag dat ik Peking verliet. Dat ik u niet eerder heb benaderd hangt met deze troebelen samen; alle post die China uitgaat is verdacht. Ik had dit pakket uit Nanking naar u willen sturen, Excellentie, maar gezien de waarde die het vertegenwoordigt, zou dit te riskant zijn geweest. Met gevaar voor eigen leven – Heshens handlangers wilden het vernietigen! – heb ik deze vracht papier dwars door bergen, rivieren en vlaktes meegezeuld naar Macao, waar ik thans ben gearriveerd. Van hieruit komen zendingen naar Deshima wel aan, hoorde ik tot mijn vreugde; vrachtschippers nemen maàndelijks brieven en poststukken mee.

Nu maar hopen dat u iets weet van Titsingh! En stuurt u hem dit pakket toe – ik smeek het u, in naam van de kunst, in naam van de vrede, in naam van de vrijheid! Al het mogelijke heb ik gedaan om het in Deshima te krijgen. Hoeveel hoofdbrekens het ook kostte, het was de moeite waard. Mits u het aan de weledele heer I. Titsingh doorspeelt; de inhoud is met geen fortuin te betalen! Dit poststuk bevat *Droom van de Rode Kamer*. Let wel, waarde heer: de enige ongecensureerde, ongekuiste en oorspronkelijke versie van China's meest befaamde, geniale, en geliefde roman. Het door de auteur zelf gekalligrafeerde manuscript, dat wegens zijn stoutmoedige stijl en gedurfde inhoud in China het licht niet mag zien – zo bejegenen wij onze Xekasupiro's! De waarde ervan is niet in geld uit te drukken. Er is slechts één exemplaar van. Dít. Al laat ik het voor tienduizend taëls verzekeren, zodra de inkt in het zeewater oplost gaat alles verloren.

Houdt u deze zending buiten de officiële kanalen, waarde heer, zodat u niets ten laste kan worden gelegd. Speel het pakket discreet door naar Isaac Titsingh: meer hoeft u niet te doen. Maar het is van vitaal belang dat u het doet! De wissel verzilvert u bij de Mitsui Bank, kantoorhoudende te Nagasaki naar ik meen, en anders wel te Osaka, dat u zult aandoen op de jaarlijkse hofreis naar de hoofdstad. Zo stel ik u schadeloos voor al uw moeite; moeite waarvoor ik u alvast van harte dankzeg. Mocht u onverhoopt additionele onkosten moeten maken, schroomt u dan niet die via bovenstaand postadres op mij te verhalen!

Waarde heer, van wiens naam ik onkundig ben: ik, Cao Baoqin, alias Lin Daiyu, ben u voor eeuwig dank verschuldigd. Ja, ik 'sta bij u in het krijt'. U bent de vitale schakel. Aan uw vroegere ambtgenoot vraag ik in een separaat schrijven (dat bij het pakket is gevoegd) u met ere te noemen in het voorbericht – op persoonlijke titel, en alleen indien u daar prijs op stelt en het voor u geen risico oplevert. Het ga u wel!

Senhora Cao Baoqin, ook bekend als Lin Daiyu
Gebouw der Posterijen, BP 5219, Macao, Ilha
Aan Isaac Ti Qing, waar hij ook is
via het huidige opperhoofd van Deshima

Kijk, dat is Meilong, Isaac. Veertien is ze – haren losjes
opbollend in de zeebries; blos op de wangen, nachtzwarte
ogen, star van elan; opnieuw zal ze als winnares te voor-
schijn komen uit het zoveelste vriendschappelijke krui-
sen van de degens. Ze staat tegenover de fiere Chun Xian
van negentig en tegenover mij, die geen partij is voor
haar. We zijn hier nog maar een paar dagen; nu al duelle-
ren we de sterren van de hemel, onze degens glinsteren
onder zon en maan, die waken over ons dakterras, vol
sinaasappelboompjes in potten. En we bekwamen ons in
de schermkunst – geloof het of niet.

Wie had gedacht dat Chun Xian na zestig lange, dorre
jaren zou worden ontzet door de keizer, om – gehuld in
het honingkleurig gewaad van haar nieuwe gezag, onder
de titel Gele Lotus – het genootschap Witte Lotus te leiden tégen die keizer? En wie had gedacht dat de ziekelij-
ke Daiyu uit *Droom van de Rode Kamer* zich op haar vijf-
tigste tot krijgsheldin zou ontpoppen?

Vlinders vangen op de heuvel, spelevaren in de haven,
luieren onder de sinaasappelboompjes op het dakterras
van ons paviljoen zonder slot of grendel, zingen als Meilong tokkelt op de snaren van de reikhalzende *qin*, poot-
jebaden in de Zuid-Chinese zonneschijn – dit alles zal in
een diepe droom verzinken zodra we de rijen moeten sluiten tegen de keizerlijke pelotons; zodra het milde oog van
Gele Lotus, kleurloos van ouderdom, niet langer over ons
waakt.

Dit is Macao. Hier regeert de koning van Portugal. De dynastie die het Mandaat verspeelde bestaat alleen nog voor de gewezen censor Qian Qianlin, de eigenaar van dit paviljoen en de weldoener van Witte Lotus, eveneens in Macao woonachtig, waar hij zijn rijkdom onttrekt aan het oog van de wereld; naast het jezuïetenklooster huurt hij een povere studio.

Zelfs aan het begin van de lente is het al warm. Niet stoffig en heet, zoals de Pekingse zomer, maar verkwikkend en aangenaam, want Macao ligt aan zee. Ik hou van de zee – jij? Als de avond valt en de slaap zich over de huizen vlijt, horen we op ons dakterras niets dan zee, zacht als wuivend bamboe of bulderend als de storm die de kaoliangvelden striemt.

Hier heb je geen kaoliangvelden. Hier heb je sinaasappels, rabarber, palmbomen, rijst. Dit is Macao, dit is vrijheid. Niet voor de Portugezen en hun zieltogende kolonie, laat staan voor hun donkerhuidige slaven. Wel voor ons. Een vrij China heeft nooit bestaan en zal nooit bestaan, maar als het bestaat zijn wíj het. Is China mijn land nog? Ik heb er niets te zoeken. Familie heb ik niet meer, in Peking is mijn leven geen taël waard en de eens zo uitbundige Bloemenbuurt van Nanking ligt in puin. Dat was vroeger al zo, maar toen trad ik – schrik niet, mijn deugdzame Ti Qing! – op in een dubbelrol die me toestond de waarheid te loochenen en de herinnering levend te houden: ik speelde dat ik voor courtisane speelde. Met mijn libelleranke verschijning voerde ik betoverde heren mee naar lang vervlogen tijden, toen de huizen van plezier nog intact waren en er muziek uit opklonk of een gewaagd gedicht; met bijeengesleepte decorstukken had ik in de ruïnes een boudoir ingericht. De illusie van

183

een boudoir, behangen met zijdeschilderingen, getooid met bibelots en kunstig gepenseelde bloemlezingen. Zo hield ik mij in leven, al had het weinig zin. Want anderhalve eeuw geleden legden de Mantsjoes Nanking in de as en sindsdien is de Bloemenbuurt dood. Ook de illusie van de Bloemenbuurt is dood. Heshen had gelijk toen hij me voor hoer uitschold. Wat ooit roeping mocht heten, elegant spel en vreugdevol vertier, is verworden tot een zaak van nooddruft en geld – met dank aan de Mantsjoerijse horden. Smartelijk besefte ik het toen ik in datzelfde Nanking censor Qianlin tegemoet ging en in het Bloemenparadijs – wat een vileine grap om in die herberg af te spreken! – bericht kreeg dat hij naar Macao was uitgeweken. Ik reisde hem achterna. Niet om hem, maar om *Droom van de Rode Kamer*, de echte, de enige, te redden uit de klauwen van Heshen en consorten.

Weer maakt het wiel een slag; nu wankelt hun macht, nu is er voor de Mantsjoes geen hoop meer. Biedt rebellie hoop? Zal er ooit iets veranderen?

Met jou kon ik over zulke kwesties nachtenlang praten, Titsingh; hier kan het met niemand. De gewezen censor beschikt wel over de verstandelijke vermogens daartoe, maar ik mijd hem, al heb ik mijn heenkomen en wie weet mijn leven te danken aan hem – en zijn handlanger Weigong. Maar Qian Qianlin blijft een relict van de oude orde, zijn geest is doortrokken van dwang en roeping en plicht. En Oude Concubine Chun Xian heeft, na haar levenslange nachtmerrie, aan deze droom genoeg. Tegen het meisje Meilong kan ik mijn diepste roerselen evenmin uitspreken; zij zou me dadelijk troosten, maar er niet het minste denkwerk aan wijden. Alle anderen zijn vervuld van hoop: hoop op een omwenteling, hoop waarvan ik niemand wens te beroven met mijn getwijfel.

Rebellie en hoop... Dromen zijn van goud, macht is van lood. Aan ons de dromen, aan Peking de macht; na deze dynastie treedt de volgende aan. We spreken er nooit over maar weten het, ieder voor zich. Ook zij die van een omwenteling dromen; ja, zelfs de veertienjarige Meilong, zo ongerept: de mooiste droom die er is. Macao kun je gerust de Tuin van het Allergrootste Doorzicht noemen: ons dakterras kijkt uit over zee. Zolang wij dromen, zijn wij niemand iets verschuldigd, zelfs Qian Qianlin niet: hij heeft die roeping, niet wij! De censor verwart roeping met hoop: 'rebellie met de pen' noemt hij het, en daar wil hij mij voor gebruiken. De censor is van het woord en de daad. Met woorden corrigeert hij een daad van de keizer, met één daad doet hij duizend woorden teniet. De censor is geen Cao Xueqin, voor wie de woorden vlinders waren. De censor schaaft bij, maakt zich eigen, neemt in zich op: een teek op de huid van geleerden en dichters. Zelf is hij niemand. Tot hij zich tegen de keizer keert, dan is hij iedereen en spreekt hij voor allen.

In Macao heerst geen keizer. In Macao bladdert hij af. In Macao is de censor niets, zijn roeping niets dan opium, zijn woord in trilling gebrachte lucht. Qianlin hongert naar woorden, de lucht kan hem niet vaak genoeg trillen. Ik daarentegen heb woorden te veel, woorden die mij vergiftigen en benauwen, Isaac, zelfs nu ik mijn hart bij je uitstort. Ik hunker naar de stilte die Qianlin wil ontlopen, strooi woorden in het rond die hij met zijn gretige zeis vergaart, zonder ontzag voor hun schoonheid. Nu banjert hij ons logement in, onaangekondigd, om het dadelijk weer te verlaten – een signaal is het, een signaal aan mij! Hij wil dat ik meekom naar het jezuïetenklooster en in zijn studio mijn roman voltooi – woorden, meer woorden! Plannen! Doelen en daden!

Dan denk ik aan *Droom van de Rode Kamer*, het ongecensureerde origineel, dat hij me slinks in handen speelde. Het pakket dat op verzending wacht. 'Qianlin!' roep ik hem na.

Meteen draait hij zich om; hier heeft hij op gewacht.

'Heer Qian, u heeft uw keizer bedrogen!'

Geschrokken legt hij een wijsvinger op zijn lippen. 'Niet hier!'

Hij ziet eruit als een vogelverschrikker. Hij heeft verzuimd zich te scheren. Boven zijn schouders piekt de losgetornde vlecht, symbool van trouw aan de keizer, alle kanten op; hij durft die niet te knippen.

'Waarde heer Qian: zo niet hier, dan nergens.'

Hij fluistert: 'Hoe bedoelt u, "de keizer bedrogen"?'

'Toen u uw ontslag indiende, had u het origineel in bezit. Wat u aan de keizer schreef was gelogen.'

Even toont zijn gezicht een glimlach. 'Niet de keizer bedroog ik – ik bedroog Heshen!'

Hij buigt beleefd en vertrekt.

Ik ga bij het vijvertje zitten. Keizer of handlanger – ik zie het verschil niet. Meilong hurkt naast mij. Ze streelt mijn rug, haar vinger tast oude littekens af. 'Wat wil die censor toch van u, Vrouwe?'

'Wat hij altijd wil. Krachten bundelen.'

Zijdelings werp ik een blik op haar; op haar wangen verschijnen blosjes en ze zegt: 'Dat wilt u zelf toch ook wel!'

De censor offerde macht en prestige aan de goede zaak, voor dit meisje is hij een held, een fiere rebel... Veertien is zij, even oud als ik toen Cao Xueqin mij 'op mijn zestiende' ontmaagde, een en al verleidelijke onschuld. Veertien jaar, Isaac: zolang is het geleden dat ik jou leerde kennen. Als ik mijn oog op Meilong laat rusten, denk ik wel eens... Als jij en ik, op Deshima... Ze had ons kind kunnen zijn! Waarom niet, wat weerhield ons? En waarom wel bij die slet uit Ceylon... Sinds je mij kent, Isaac, is je ziel ruim als het heelal, zei je ooit. Zo ruim dat zíj er ook in paste zeker! Dacht je ooit aan mij toen je het met haar aanlegde?

Het laatste wat ik wil is jou met verwijt overstelpen. Liever vrolijk ik je op met verhalen over markten vol tropische specerijen en het allerzoetste fruit, over Portugese scheepslui en jezuïeten in hun zwarte gewaden, die met hun mirakelgeloof het volk beheksen. Ik wil je deelgenoot maken van raadselwedstrijden en optredens; van Chun Xians bloedstollende spookvertellingen; van mijn eerste voordracht uit de roman in wording, die grote geestdrift ontketent; van de grollen waarmee Weigong ons wel maar zichzelf niet opvrolijkt, zoals Baoyu die meisjes opvrolijkte in de Tuin van het Weidse Uitzicht. De avond valt in een ommezien. Beschenen door lampions en lantarens begint de eunuch te zingen, zijn stem is dieper dan ik voor mogelijk hield. Hartverscheurend zingt hij voor ons, samen met het dienstertje om wie zijn vader hem liet ontmannen. Hun stemmen vinden elkaar in een smartelijk duet, over hartstocht die hem en haar kwelt, hartstocht die weigert te sterven en weigert te leven. En terwijl allen, ook de oude Chun Xian, tranen plengen om heel dit wrede leven, verwijlen mijn gedachten bij jou, Isaac. Ik mis je. Ontgoocheld in de liefde mis ik jou. De vlekken op de inkt zijn tranen, Isaac, en ik schaam me er niet voor!

Om te tonen dat mijn genegenheid – mijn liefde: waarom teruggedeinsd voor dit woord! – oprecht is, ga ik je belasten met het grootste geschenk dat ik kan geven. Jazeker, belasten! In dit pakket – dat je via Deshima zal bereiken, als het goed gaat – zit Xueqins levenswerk.

De *Droom* die van de familie het licht niet mocht zien.

De enige ware versie. Nee, nee – geen 'versie': de werkelijke *Droom*, waarin de meisjes en de jongens van de Jia-clan naar het schijnt in opstand komen tegen de Verboden Stad, omdat daar de Keizerlijke concubine – hun lieve zus, hun Yuanchun, van wie ze allemaal houden – jarenlang onopgemerkt wegkwijnde in een kil paviljoen.

Ik schrijf 'naar het schijnt', want het fijne weet ik er niet van. Morgen vaart de postboot naar Deshima, en dan weer over ruim een maand; zolang wil ik niet wachten, ik wil er vaart achter zetten, het pakket moet nú mee, ongeopend, ongelezen, vergezeld van deze en een vorige brief aan jou, plus een uitleg aan Deshima's huidige opperhoofd, van wie ik weet noch weten kan of hij de welwillendheid opbrengt om alles naar jou door te sturen, de postwissel ten spijt. Noem hem met ere (zijn naam kon ik niet achterhalen) in het voorbericht van alle vertaalde edities, tenzij hij weigert. Ik heb hem hoffelijk benaderd, maar hij blijft een onzekere factor. En dan heb je nog douanes, piraten, fortuinjagers... Oude Concubine Chun Xian vindt dat ik een afschrift van die miljoen karakters moet maken alvorens het manuscript te verzenden, maar de last van die arbeid valt mij te zwaar. Als ik het pakket zie liggen, word ik al moe. Alsof ik al die levens, al die ware en verzonnen herinneringen met me mee tors. Verklaren kan ik het niet, maar ik moet van dat manuscript af, ik moet van Lin Daiyu af; ik ben geen personage, ik schrijf zélf. Niet in studio's van gretige heren, maar op door mij gekozen tijden en plaatsen; in de bezemkast als het moet!

Tegen Chun Xian zeg ik – lieg ik – dat verzending geen uitstel duldt: dit manuscript is een gevaar voor allen!

Ze knikt, wrokkig, ongelovig. Ook zij wordt door nieuwsgierigheid verteerd, en ik ga gebukt onder schuld. Zo lang heeft Chun Xian niet meer te leven. Als ik het manuscript nu verzend, leest ze het nooit: ik ontneem haar die laatste kans.

'Baoqin,' vraagt zij arglistig. 'Sterft grootmoeder Jia in het origineel ook tien hoofdstukken voor het eind?'

Cao Xueqin hield ook mij voor de gek, Isaac; nooit heeft hij me de ware *Droom* laten lezen, ik wist niet eens van het bestaan af; ik wist niet beter of hij droomde slechts van de roman die zijn familie hem uit angst belette te schrijven. Uur na uur vecht ik tegen de drang om het pak-papier open te rijten. Maar de tijd dringt. Morgen moet het manuscript mee met de vrachtboot, en als ik begin te lezen, moet het in één adem uit en zal het mij meer moei-te kosten er afstand van te doen. Bovendien krijg ik die enorme stapel papier nooit meer zo netjes ingepakt.

Tegen Chun Xian zeg ik dat tweeëntachtig toch een mooie leeftijd is; had grootmoeder Jia dan net zo gezegend oud moeten worden als zij?

Ze kijkt me doordringend aan. 'Praat me niet naar de mond, jij!'

Ik plaag haar, zeg dat ze voor mij een tweede grootmoe-der Jia is; en zoals voorzien wek ik haar verbolgenheid: ze heeft Baoyu's oma altijd een onuitstaanbaar mens gevon-den. Dat de matriarch de erfgenaam van de familie in bescherming neemt tegen zijn vader, maakt het er in haar ogen niet beter op. 'Stel dat ik Hongli zo had verwend, dan was het meteen misgegaan!' Gevolgd door een nijdig gebaar, alsof ze sinaasappelschillen op een mesthoop smijt. 'Luister niet naar dit kindse gebazel, Baoqin: nu ging het ook mis.'

'De keizer viel in handen van Heshen, daar kon u weinig aan doen. U was zijn moeder niet eens!'

'Natuurlijk niet, we schelen ook maar zes jaar, ik was de jongste van Yongzhengs bijvrouwen, ze waren allemaal jaloers.' Om haar lippen rimpelt een lachje. 'Maar ik was de enige die naar hem omkeek; de enige die over Hongli waakte en hem zo nodig een pak rammel verkocht. Officieel mocht je dat mormel niets in de weg leggen, nou, daar had ik lak aan, zo jong als ik was!'

'En als dank hebben ze u–'

'Wat doet dat ertoe! Wou je dood? Ik nog niet!' Haar ogen, kleurloos van ouderdom, verglazen; voor het eerst sinds jaren is ze gelukkig. Ze vraagt: 'Hoe loopt *Droom* écht af, Baoqin?'

Nu moet ik blijven doen alsof ik het weet. 'Ze komen in opstand–'

'Natuurlijk komen ze in opstand! In de ontknoping van Gao E gelooft geen mens, die is er om de keizer te behagen... En Lin Daiyu, gaat die in het origineel ook dood, en trouwt Baoyu met Baochai? Ik mag hopen van niet.' Oude Tweede Concubine wil een gelukkige afloop, net als Heshen.

'Baoyu... die trouwt met niemand.' Nu al heb ik bittere spijt dat ik het pakket dicht liet. Ziek van nieuwsgierigheid ben ik, Titsingh, en scheel van afgunst: jij zult het eerder lezen dan ik.

'Met niemand – mooie boel! Hoe moet het dan met zijn "qing"?'

'Met kleine letter? Tja...' We lachen. 'Daiyu huwt even-min,' verzin ik. 'Aan het hoofd van haar boogschutters bezet zij de Verboden Stad.'

'En ze gaat niet dood. Of wel...? Of wel!'

'Ze vecht als een bezetene, Xian! Ze voert Blauwe Libelle aan, het jongste peloton heldinnen...' Ik improviseer erop los, ik kan het altijd nog voor mijn eigen roman gebruiken. 'Ervaren strijders maait ze neer met haar bliksemende pijlen; de keizerlijke garde wordt in het nauw gedreven. Ineens staat zij oog in oog met de keizer zelf: een strompelende, vernederde grijsaard in een brokaten gewaad. Zij kan hem uit zijn schande verlossen, ja, hij smeekt haar erom, want bij de eerste aanblik is de oude keizer betoverd, door haar, en wordt hij verteerd door het brute besef dat hij voor niets heeft geleefd en geijverd... Maar voor ze haar schroom overwint en toe durft te steken, vindt zijzelf door een geniepige zwaardhouw de dood.'

Oude Concubine Chun knikt bedachtzaam, alsof ze het maar half gelooft.

Dan zegt ze: 'Net als Meilong.'

Onthutst kijken we elkaar aan.

Eensklaps is Meilong er zelf, ze vraagt toestemming om de censor te bezoeken.

'Toestemming!?' bitst Chun Xian. 'Zei je dat, Meilong? Nooit zal ik jou toestemming geven! Zolang ik nog leef, is iedere Lotus vrij om te gaan waar zij wil.' Ze knijpt haar ogen half toe. 'Je weet dit. Waarom breng je het onder mijn aandacht?'

Het meisje bloost. Haar tong blijft vergrendeld.

De oude dame laat haar aan mij over, ze is doodop en zondert zich af om te rusten. Maar voor ze het dakterras verlaat, zegt ze: 'En jij moet harder aan je eigen boek gaan werken, Baoqin!'

Zodra Chun Xian weg is, houd ik Meilong voor dat ze zich van niemand afhankelijk moet maken – niet van Chun Xian, niet van de censor, niet van mij. Al stel ik bij gebrek aan beter mijn eigen leven ten voorbeeld om voor die zelfstandige houding te pleiten. 'Om poëzie te schrijven heb je geen censor nodig!'

Meilong bloost. Met poelen van ogen kijkt ze mij aan. Een pauwblauwe libelle landt op haar slaap, vlak bij een oorschelp. Heeft die oorschelp opgevangen wat wij over haar zeiden?

'Maar,' plaag ik, 'die censor is wel een knappe man...'

De poelen glanzen. Met de rug van mijn hand streel ik haar wang, glad en donzig als zijde; ze laat het zich met een glimlach welgevallen. Welke woorden zou Confucius bij Meilong vinden passen? Leegte? Honing? Jeugd? Verdwaasdheid misschien? Haar blos verdiept zich. Woorden tellen niet meer, laat staan de juiste. Ze ontglipt me, ik raak haar kwijt, bén haar al kwijt, ik zie het voor mijn ogen gebeuren en zeg bij mezelf: Meilong gaat de weg die ik ben gegaan, ze staat in bloei, niets houdt haar tegen! Als de wereld deze bloem maar niet vertrapt...

'U vindt de censor niet aardig!'

'Zolang jij hem maar aardig vindt, Meilong.'

Het meisje kijkt me recht aan. 'En wie, Vrouwe Cao, heerst er over uw hart?'

Ze overrompelt me; ik geef ontwijkend antwoord. 'Weet je wat iemand ooit zei? "Sinds ik jou ken, Baoqin, is mijn ziel ruim als het heelal." Zou de censor dit ooit tegen jou zeggen?'

Haar ogen zijn geen poelen meer, het zijn rusteloze knikkers geworden.

'Meisje,' hakkel ik geschrokken. 'Ik ben op je gesteld geraakt, dat weet je toch? Als er iets is... Ik wil maar zeggen, als je... als jij in moeilijkheden komt... Je weet–'

'Stil Baoqin! Ik weet!' Dan schenkt ze mij haar fierste lach, gevolgd door de innigste omhelzing; haar tirannieke meisjesgeur legt mij het zwijgen op.

De volgende ochtend trekt Weigong een opgerold papier uit zijn mouw. Het is een uitnodiging. Censor Qian Qianlin vraagt of ik naar de studio kom, hij zal een onthulling doen.

Eerst weiger ik. Dadelijk moet het pakket naar de haven; speciaal voor dit doel heb ik een kruiwagen gehuurd. Morgenvroeg vaart de vrachtboot Deshima tegemoet. Vandaag moet het pakket bij de loods worden bezorgd, want morgen is het zondag en legt dat domme klokgelui – ik zal er nooit aan wennen – Macao plat; dan moet ik me weken verbijten en zal ik zeker in de verleiding komen om het pakket te openen en alles te lezen. Als ik nu talm, krijg ik dé *Droom* nooit verstuurd!

Volgens Weigong maakt die ene maand geen enkel verschil.

Gebelgd vraag ik hem of hij ons dient of de censor, waarna de eunuch doodleuk antwoordt dat hij beiden dient en zichzelf wegcijfert! Uiterlijk blijft hij kalm, bij zijn slapen zwellen de aderen. Hij en de censor hebben mij met moeite China uit gesmokkeld, antwoordt hij afgemeten, heer Qian financiert Witte Lotus: en wat krijgt deze weldoener als dank?

Ik bind in en vraag of het morgen niet kan, vanavond desnoods.

Maar Weigong zegt dat het moet voor het manuscript

wordt verzonden: Qians onthulling hangt er ten nauwste mee samen.

We verliezen ons in een krachtmeting van blikken. Dan haalt de eunuch bakzeil. Hij beslúít bakzeil te halen; hij weet dat ik toch wel kom als mijn nieuwsgierigheid geprikkeld raakt.

Ik vraag: 'Wat moet er zo dringend worden onthuld?'

'Vrouwe Cao, het spijt me dat ik mij boos maakte, ik wil u nergens toe dwingen. Of u heer Qians uitnodiging aanvaardt of afslaat, is geheel aan u.'

'Ik aanvaard hem, dat zeg ik! Maar waarom is er zo'n haast bij?'

'Het betreft een testament. Het testament dat het manuscript vergezelde toen heer Qian het ontving.'

'Een testament – van Xueqin!?' Ik weet niet wat ik hoor.

'Nee. Van diens neef, Cao Tianyou.'

'Dan wil ik er niets van weten!'

Heel kinderachtig van me, Isaac, ik erken het grif. Maar dit was wel het laatste wat ik verwachtte. Ik wist niet beter of neef Tianyou wenste me dood: wat heb ik met zijn testament te maken? Ooit waren Tianyou en Xueqin minnaars; de schrijver had hem verstoten om mij.

'U kunt er niet onderuit, Vrouwe. Tianyou richt dit testament tot u.'

Ontdaan volg ik de eunuch door sloppen, langs kades en onder gaanderijen door naar het jezuïetenklooster. Dan moet de eunuch ineens inkopen doen – zegt hij tenminste. Hij doet zo raar dat 'inkopen doen' geheimtaal lijkt voor 'een opiumkit bezoeken'. Nu moet ik in mijn eentje die studio betreden – in mijn eentje bij Qian Qianlin!

De censor schenkt eigenhandig thee in, smerige thee die te lang heeft getrokken. Alles is hier smerig, tot het oud-bakken daglicht aan toe, dat opgeslokt wordt door boeken-planken en rollen papier. Er is één dakraampje. Buiten weerklinkt de roep van sjouwers en venters; ik hoor een ezel balken. Het raampje zit vol spinrag, waar zich een straal zonlicht doorheen boort, die precies op de *kang* valt – een verhoogd bed, zo'n meubel uit het noorden. De kang is bezaaid met kommetjes, boeken, curiosa, onderkleding en gelukspoppetjes. De rommel stelt me gerust: hoe meer obstakels op dat bed, hoe liever het me is.

Naast het bed staat een werktafel, bezaaid met papieren. Daaraan zit hij, daar heerst hij over zijn smerige kosmos. Niet alleen de studio is vuil, de censor is het zelf ook. Stoppels van dagen ontsieren zijn kin, de haarstrengen die aan kruin en achterhoofd ontspringen, resten van de vlecht, pieken alle kanten op. Voortdurend wrijft hij over zijn met stekels bedekte voorhoofd; heeft hij luis? Hij woont als een bedelaar, al is hij schatrijk. Mij boezemt zijn beklagenswaardigheid weerzin in. Censor Qian is geen rebel, hij wil geen opstand: hij is in de rouw. Hij rouwt om zijn keizer, om het aanzien dat hem is ontvallen. Kunt u, Isaac, zich een voorstelling maken van deze figuur? Het lijkt mij onwaarschijnlijk dat de koninkrijken in het Westen een ambtenaar kennen die zoveel macht in zich verenigt als de censor in China. Wie macht bezit, gebruikt die. Dat testament heeft hij wederrechtelijk en onder het uitspreken van dreigementen in beslag geno-men; wie zou zo'n document vrijwillig aan de Opper-censor afstaan? Vervolgens besloot hij – vermoed ik, ter-wijl ik me blijf verbazen over alle verval en vervuiling – het voor zichzelf te houden en niet af te geven aan het

Keizerlijk Archief, wat zijn plicht was, uit verzamelwoede of uit voorzorg. In barre tijden kon hij het altijd nog te gelde maken.

Of er nu mijn genegenheid mee kopen! 'Dank voor uw thee, heer Qian. Mag ik vragen: hoelang heeft u het testament van Tianyou in bezit?'

'Hoe bedoelt u?' vraagt hij.

Wij zijn op Qians goedgeefsheid aangewezen; ik neem mijn toevlucht tot scherts. 'Ik dacht zo... Mij lijkt het voor een verzamelaar een buitenkans, zo'n testament, helemaal in combinatie met Xueqins originele manuscript.'

'Bij u kan ik geen goed meer doen, geloof ik.'

'Kom, Qianlin, u bent onze weldoener! Maar ten dele heeft u gelijk. Weet u, u zou "goed bij me doen" als u het ambt niet tot roeping verhief, temeer daar u met die roeping mijn toewijding opeist! Mijn dromen hebben niets met de uwe te maken.'

Verwilderd beklemtoont hij dat wij beiden Mingloyalisten zijn.

'Zeker. Maar u bent verzamelaar. Van manuscripten – en van vrouwelijk schoon!'

Met een verkreukelde glimlach zegt hij: 'Goed... Ik geef u het testament mee. Van mij zult u geen last meer hebben.'

Hij vraagt niet eens geld, besef ik beschaamd, evenmin een andere dienst. 'Dat hoeft niet, heer Qian, ik lees het graag samen met u.'

Voor het eerst voel ik mededogen. Wat er ook op de censor aan te merken valt, hij draagt zijn lot als een man – een man die zich slecht verzorgt en diep gezonken is.

'Samen met mij – hier? Dit is toch geen plaats voor een dame.'

'U leeft inderdaad niet prettig zo,' zeg ik, milder gestemd. 'U beschikt toch over de middelen voor een comfortabel woonhuis?'

'Ik spaar,' zegt hij kortaf. Dan kijkt hij mij doordringend aan. 'Kunt u een geheim bewaren, Vrouwe? Ik ga de Chinese drukkerij hier overnemen. Over een jaar sla ik toe. Alle onderdanen ga ik bedelven onder schotschriften!'

Ik moet aan Chun Xian denken: over een jaar zal zij dood zijn.

'Dan pas? Het keizerrijk is in verwarring: nú moeten we toeslaan, heer Qian! Kunt u niet vast een gedeelte opkopen?'

Hij trekt een wenkbrauw op, nipt aan de thee. 'We?'

Betrapt hakkel ik: 'Nu... Wij Mingloyalisten... Nee, u en ik. Vergeef me, heer Qian, ik had een al te lage dunk van u, misschien moeten we toch krachten bundelen. Als u dat tenminste nog wilt.'

Hij slaat bedaard zijn armen over elkaar; een mandarijn vermomd als bedelmonnik. 'Wat stelt u voor, Vrouwe Cao?'

'Dat we, naast die schotschriften–'

'Die u kunt helpen schrijven!'

'–onmiddellijk *Droom van de Rode Kamer* publiceren – de wáre variant! Zo verwerven we in één klap prestige bij alle literati. En wie weet willen de jezuïeten de roman in het Portugees vertalen. Dat zou meteen al kunnen.'

'Ik zei: over een jaar!'

'Er valt toch met die drukkerij te praten?'

'Weigong heeft gepolst: het zit er niet in. De firma maakte fortuinen met de versie Gao E. Nu de ware *Droom* uitbrengen zou hun slechts gezichtsverlies opleveren. En de afloop zweemt naar Mingloyalisme, dat is een groter bezwaar. Die drukkers zijn blindelings loyaal aan de zittende dynastie.'

Een jaar is te lang; over een jaar is Chun Xian dood. Maar misschien kan de censor het manuscript elders laten drukken, overweeg ik in stilte... Behoedzaam te werk gaan nu. Ik overwin mijn weerzin en bied aan om eerdaags zijn studio te reinigen, van onder tot boven.

'Erg vriendelijk van u... Maar Meilong heeft haar hulp al toegezegd.' Niet mee bemoeien, houd ik me voor terwijl hij het testament tussen paperassen vandaan vist, niet mee bemoeien! Hij zit me op te nemen. 'Waarom wilt u het testament met mij lezen?'

'Ik wil weten waarom neef Tianyou mij het manuscript nalaat, ik was de rivale die hem van zijn minnaar beroofde! Bovendien,' voeg ik er luchtig aan toe, 'heb ik u zojuist afgewezen. U verkeert in dezelfde positie als hij.'

De censor loopt rood aan. 'U vergelijkt mij met die verwijfde "Inktsteen van Rouge"!'

'U kunt wellicht van hem leren. Blijkens dat testament heeft hij zich over mijn afwijzing heen gezet – hij wél.'

Tot mijn stomme verbazing barst de censor in schaterlachen uit. 'Wat ben jij naïef, Baoqin! Tianyous zogenaamde verliefdheid op jou was afgunst. Hij was Xueqins minnaar – geliefde, denk ik eerder – tot jij hem van het toneel joeg! Die kleinzoon vertelde het.'

'Ja,' zeg ik vermoeid. 'Dat is waar. Nee, dat is óók waar.'

De censor verstart. 'Als je – als u – Vrouwe, u denkt toch niet dat ik–'

Nu is het mijn beurt om te lachen. 'Dus daarom ga je ongeschoren door het leven: anders word je besprongen door Macaose matrozen! Wat wil je ook: zo'n knappe kerel als jij!'

198

Qian Qianlin gromt iets onverstaanbaars en begint voor te lezen.

In de kelder van Xueqins huis trof ik – neef Tianyou, beter bekend als 'Rode Inktsteen' – na diens dood dit manuscript aan. Het is de originele, volledig voltooide versie van *Droom van de Rode Kamer*, waarin de auteur alle raad van mij en anderen in de wind slaat – met een allure die aan roekeloosheid grenst.

Ik weet niet wat Xueqin van plan was; ik weet niet eens óf hij er iets mee van plan was. Met geen woord heeft hij ooit van dit manuscript gerept. Die huishoudster van hem – die geen huishoudster was; je zag de boel onder je ogen verloederen –

'Net als bij u,' plaag ik, maar de censor kan er niet om lachen.

– heb ik er evenmin over gehoord... Ik hoopte in de tekst aanwijzingen te vinden: echt iets voor mijn hartsvriend Xueqin! Nog voor de rouwtijd om was, zette ik me aan het lezen, en wilskrachtig weerstreefde ik de gewoonte – de verleiding – om met rood in de marges te schrijven.

Uitroepen van bewondering vooral, want wat ik las sloeg me met stomheid. Niet de marges werden rood maar mijn wangen: hier bleek wat Mingloyalisme waard was in het gemoed van een genie! Dit origineel liet alle mij bekende versies achter zich. Xueqin heeft iedereen, ook mij, ja, zelfs zijn mooie minnares het nakijken gegeven. Als een alchemist peilde hij, door zogenaamd iets definitiefs voor te dragen, de gevoelens die elk hoofdstuk bij zijn trouwe lezers opriep. En wie speelden de rol van lezer met meer verve dan wij – die hem, laf als we waren, wilden behoeden voor de toorn van de censor?

Eén bedgeheim van Xueqin en mij was nu juist zijn Mingloyalisme, waarover we voortdurend kibbelden – koppig maar goedmoedig, zoals dat tussen hartsvrienden gaat. Hij kon niet velen dat ik weigerde hem daarin te volgen. Later dreigde ik het geheim te verraden, omdat hij mij, zijn lievelingsneef, voor dat wicht Baoqin had versmaad... Nooit zou ik dit dreigement ten uitvoer hebben gebracht, ik zweer het bij de Hemel!

Het bewijs? Xueqin rekende op mijn discretie: hij had in de gaten dat Baoqins bekoorlijkheden mij evenmin onberoerd lieten.

Al dit oude zeer kwam mij weer smartelijk voor de geest – ja, smartelijker dan ooit! – toen ik het origineel op mij in liet werken. Niet alleen bewijst de echte *Droom* de schoonheid van het Mingloyalisme; de liefde tussen Baoyu en schoolmakker Qin Zhong krijgt in de ware versie pas statuur. Ondubbelzinnig treedt hier aan het licht dat ik model sta voor de oogverblindend knappe Baoyu, terwijl Xueqins zelfportret schuilgaat in de – heel wat minder knappe – Qin Zhong: een geste waarmee Xueqin in stilte vergiffenis vroeg voor zijn verraad aan onze vriendschap.

Niet alleen heeft hij onze persoonlijkheid scherper getekend, ook ons erotisch wedervaren krijgt stoutmoediger gestalte.

'Dat was in de oude versie al duidelijk,' onderbrak ik kribbig. 'Trouwens, Tianyou noemt Qin Zhong schoolmakker, maar de waarheid is dat Zhong op voorspraak van Baoyu maar heel even op dat schooltje zit. Baoyu nam het initiatief.'

De censor kijkt op. 'Doet het ertoe wie het initiatief neemt?'

'Misschien niet.' Ik zeg het met een glimlach. 'Liefde is liefde.'

De censor bloost. 'Waar was ik? O ja:

... stoutmoediger gestalte. Al kan hetzelfde worden beweerd van de ontluikende schoonheid Daiyu, voor wie de jonge Baoqin model stond, wat ook al zo was in de versie die hij voordroeg, al lieten wij de auteur in de waan dat we geloof hechtten aan de mythe van zijn jonggestorven lief.

Aan Cao Baoqin vermaak ik daarom dit manuscript, in de hoop dat de kleinzoons haar zullen vinden: na Xueqins dood loste 'de huishoudster' op in het niets... Nu ik zelf de dood tegemoet ga, wens ik de waarheid in de ogen te zien. In feite haatte ik Baoqin allerminst; ik beet me vast in een leugen. Als ik iets haatte was het dat vruchteloze gesmacht naar het onbereikbare; mijn hart was zowel eenzaam als niet eenzaam genoeg. Het zat aan twee mensen vastgeklonken, aan een man en een meisje die enkel oog hadden voor elkaar, voor hun liefde, waarvan ik dubbel slachtoffer was! Niets ondernam ik om een van hen te veroveren. Want dan zou ik de ander, van wie ik eveneens hield, pijn doen en werd ik ten derden male slachtoffer – van hun haat. Onze vriendschap brokkelde af, en dit was heel smartelijk, ook voor hem – denk ik tenminste. Niet langer heerste tussen Xueqin en mij die wederzijdse innigheid, die weldadige warmte van vertrouwen: voorbij was het, voorgoed voorbij! En al bevat *Droom* net voor de ontknoping een scène waarin Baoyu lijfelijk troost vindt bij Lin Daiyu – dank je, Xueqin, attent van je! – toch had 'huishoudster' Baoqin niet de minste interesse in mij...

Er zijn altijd anderen om ons heen, troostte ik me, zij laat toch ook niet merken hoezeer ze aan Xueqin verknocht is! Hem zag ik soms wel gluren. Nu, ze was ook bevallig! Wat zou ik er niet voor over hebben gehad om haar te mogen bezien met de ogen van een bezitter, al was het maar voor één nacht!

Maar laat ik niet langer verwijlen bij mijn leed...

De censor barstte in tranen uit. Het had er alle schijn van dat de parallel tussen Tianyou en hemzelf over hem vaardig werd – met mij als snijpunt in het oneindige... 'Neem het van me over, Baoqin.'

'En u draagt zo mooi voor!' zei ik, ietwat bezijden de waarheid. 'Nu, geef maar hier. Ik hoef niet aan die tafel te zitten.

Maar laat ik niet langer verwijlen bij mijn leed: het heeft zijn macht over mij verloren. Nu ik op het punt sta af te dalen naar de Gele Bronnen, haast ik mij te verklaren waarom Cao Xueqins meesterwerk de mannelijke lijn van de familie verlaten moet om naar Cao Baoqin te gaan, alias Lin Daiyu. Ik zal mijn best doen het bondig te houden; voor iemand die nog geen kip op deze wereld nalaat is dit testament toch al rijkelijk lang. Jullie erven, beste kinderen en kleinkinderen, wees gerust: onze weldoener in Shaoxing zal jullie op vertoon van dit testament een som uitkeren, zodat jullie even bevrijd zijn van zorgen en de rouwtijd goed kunnen doorkomen. Beperk de Riten en de rouw tot een minimum: de dood verlost mij uit een eerloos leven.

Dit zeg ik zonder wrok. Want toen ik *Droom van de Rode Kamer* uit had, de echte en enige *Droom*, viel er een last van mijn schouders. In de indirecte en omslachtige trant die schrijvers eigen is, had Cao Xueqin laten doorschemeren dat hij altijd van me gehouden had, al wijdde hij zich in die laatste, voor mij zo droeve jaren geheel aan Baoqin; in *Droom* bracht hij samen wat onder de Hemel gescheiden moest blijven.

Xueqin verliet mij voor Baoqin: het kon niet anders, hoe pijnlijk hij het zelf ook vond.

Lin Daiyu houdt in werkelijkheid meer van Qin Zhong dan van Baoyu, meer van de romanschrijver Xueqin dan van 'Rode Inktsteen', en dit is in harmonie met de Hemel. Dat Baoyu – ondergetekende dus – haar op zijn beurt innig liefheeft, is in de roman weliswaar hoofdthema, maar daarbuiten slechts een zaak tussen hem en zijn hart. En Xueqin wist dit, zoals hij ook wist dat de ware roman door mij zou worden gevonden. En misschien vermoedde hij zelfs dat ik deze nalatenschap aan Baoqin zou afstaan; hij zal het zeker hebben gehoopt.

Vlak voor zijn sterven zei Xueqin iets vreemds. 'Om de kamer helemaal rood te krijgen, Inktsteentje van me, moet je op zoek in de kelder.' Een uitlating die ik toeschreef aan het hersenbederf dat de naderende dood vergezelt, maar die de sleutel bleek te zijn tot het geheime werk, want in de kelder vond ik het.

Neefjes, nichtjes, kinderen, kleinkinderen! Beloof mij plechtig dat jullie het manuscript op een dag aan Cao Baoqin zullen geven. Per slot van rekening is zij verre familie...

Mijn allerliefste Baoqin – nooit dorst ik je zo aan te spreken; ik had het lef noch het recht... Mijn laatste woorden wijd ik aan jou. Jij was de vrouw in mijn leven, zo lang ik je kende: de enige vrouw die in mij wakker riep wat ik voor hartsvrienden placht te bewaren. Sluimerende gevoelens kwamen tot leven, en ze werden aangewakkerd doordat ik de verzonnen Daiyu poëtisch liefhad, in de trotse wetenschap dat ik – ik, niet hij! – Baoyu was.

Nu is mijn verdriet jouw verdriet geworden; beiden rouwen wij om Cao Xueqin. Zijn liefde kan ik jou niet schenken, wel dit manuscript als verpletterend blijk van zijn liefde. Laat het ook een klein beetje mijn liefde zijn, de liefde van een stervende "Inktsteen", al bevatten deze bladzijden geen spatje rood. Dit monument van Mingloyalisme is Xueqins origineel, Baoqin, het origineel dat hij angstvallig voor de wereld verborgen hield, zelfs voor jou en mij! Het ware verhaal, waarin Daiyu de keizer doodt en zo Baoyu's grote zus wreekt die, nadat de keizer haar één nacht bezat, als concubine verkommerde in een kil paviljoen.

Bij deze wrede onthulling, lieve Titsingh, was het mijn

beurt om tranen te plengen. Zozeer geraakte ik in on-macht dat ik de censor verzoeken moest de slotregels voor te dragen; mij lukte het niet. Het lukt me zelfs niet om ze aan dit papier toe te vertrouwen – misschien maar beter ook: de laatste woorden van Tianyou, wiens leven ik heb verwoest en die aan mij gericht zijn, brengen onge-luk als ik ze herhaal. Hoezeer Lievelingsneef ook gelou-terd werd door het boek dat zijn gewezen minnaar hem en mij naliet (want zo zie ik het), toch lijkt het me ongepast om u, die ik niet teleur had willen stellen (al deed ik het wel), met diens laatste vaarwel te belasten.

Droom van de Rode Kamer – benieuwd hoe de titel in Franguo zal klinken! Van de eerste opbrengst kan de Franse tekst in heel Europa worden vertaald, waarna je het origineel met spoed retour moet zenden naar Macao; wie weet kan de oude Chun Xian het tóch nog lezen... En als *Droom* eenmaal opzien baart in Europa, verovert hij China spelenderwijs – geen censor die het beletten kan! Met dit pakket stuur ik mijn liefde naar je toe. Vaarwel...

En tot ziens. Peking mag niet de bekroning van je loop-baan zijn...

Ik hoopte dat men bij de Hollandse vertegenwoordiging wist waar je was, Isaac. En wat blijkt? Zo'n vertegen-woordiging is er in Macao niet, laat staan een ambassade. Me dunkt dat de Hemel het zo heeft beschikt, want jij moet die oprichten – en snel!

Terwijl we elkaar innig omhelzen, ik als lichaam, Ti Qing als fantoom, tussen de sinaasappelboompjes op het dakterras, zie ik in mijn ooghoek jou, Meilong. Je pro-beert ongezien weg te glippen – naar de censor zeker, jij dondersteen met je meisjesgeur. Terwijl je nog zo beloofd had rabarber te snijden.

Toe maar, ga maar, ondervind het maar zelf: de illusie is waarheid zolang de Ware nog schijn is. En mijn ogen staan vol tranen – om jouw jeugd, om mijn jeugd, om het leven dat zich nimmer laat kooien.

Margreet Hofland
Bernini's waanzin. Roman
ISBN 978-90-6265-849-7

«Margreet Hofland heeft de strijd tussen Borromini en Bernini zeer goed weergegeven, ze betrekt de lezer heel intens bij haar personages. Ze zorgt er ook voor dat je als lezer op de voorste rij zit bij het tot stand komen van enkele meesterwerken. *Bernini's waanzin* is een uiterst intelligent boek over kunst en passie.» – André Oyen op *Iedereenleest.be*

«Hofland heeft het allemaal knap opgezet. Ook het schilderen van de historische werkelijkheid is overtuigend. Dit boek doet denken aan het werk van Thomas Rosenboom, die ook graag een menselijk drama laat ontrollen in een betekenisvolle fysieke context.» – Thijs Kramer in *Den Haag Centraal*

«Zodra je Hoflands proza leest vertoef je in die woelige tijden toen de Sint Pieter nog in de steigers stond. (...) *Bernini's waanzin* leest als een trein, staat bol van de informatie over Rome ten tijde van de Barok zonder dat het storend wordt. » – Ezra de Haan op *Literatuurplein*

«*Bernini's waanzin* is de titel van het boek, maar het gaat evengoed over Borromini. Tussen deze kunstenaars, die van de paus Rome pracht en praal moeten geven, ontstaat een vete die wel iets heeft van de relatie tussen Mozart en Salieri. De een is jaloers op het genie van de ander. Maar misschien is de stad Rome wel de belangrijkste hoofdrolspeler.» – Ellen Fernhout bij *Haagse Kunstkring*

«Voortreffelijke, boeiende, ontroerende, in mooi Nederlands geschreven, goed ingeleefde en goed onderbouwde roman met prachtige beschrijvingen van de stad Rome en de kunstwerken die de twee mannen creëerden.» – Livia Visser-Fuchs voor *NBD/Biblion*